인생의 길벗

인생의 길벗

초판 1쇄 발행 2024년 02월 02일

지은이 노지일
펴낸이 장길수
펴낸곳 지식과감성#
출판등록 제2012-000081호

디자인 정윤솔
편집 정윤솔
교정 한장희
마케팅 김윤길, 정은혜

주소 서울시 금천구 벚꽃로298 대륭포스트타워6차 1212호
전화 070-4651-3730~4
팩스 070-4325-7006
이메일 ksbookup@naver.com
홈페이지 www.knsbookup.com

ISBN 979-11-392-1611-0(03810)
값 14,000원

· 이 책의 판권은 지은이에게 있습니다.
· 이 책 내용의 전부 또는 일부를 재사용하려면 반드시 지은이의 서면 동의를 받아야 합니다.
· 잘못된 책은 구입하신 곳에서 바꾸어 드립니다.

지식과감성#
홈페이지 바로가기

인생의 길벗

노지일 장편 소설

책머리에

  소설 '인생의 길벗'은 내가 오래 전부터 쓰고 싶었던 소재이다.
  이 소설을 구상하기 시작한 것은 대다수의 국민들이 우리나라는 정치 후진국이라고 말할 때부터였다. 지금까지 우리나라의 정치는 부정부패, 경제는 정경유착, 종교도 사도(邪道)에 의하여 발전되어 왔다. 그러나 이제 우리는 의(義)를 추구하며 인생을 행복하게 살아야 한다는 것이 나의 바람이다. 우리나라는 옛날부터 동방예의지국이라 불렸다. 그런데 지금 우리 사회의 현실은 어떠한가? 그래서 나는 지금까지 보고 듣고 느낌대로 이 소설을 썼다. 물론 개중에 내가 쓴 글에 가시가 박혀 있다고 말하는 사람들도 있을 것이다. 그러나 나는 우리 모두가 정치 철학이나 삶의 순리를 깨쳐 행복하게 살았으면 하는 나의 마음을 담아 이 글을 썼다.
  우리가 오래 살기보다 어떻게 사느냐가 우리 삶의 진실인 것처럼, 다들 거짓과 편견과 왜곡을 모르고 산다면 행복할 것이다. 그래서 나는 올곧은 인생의 길벗을 소중하게 생각하며, 이 책의 내용을 우리나라와 국민들에게 선물한다.

2024년 새해에
노지일 씀

차 례

책머리에   5

1. 부모의 길   8

2. 재 회(再會)   15

3. 하늘은 스스로 돕는 자를 돕는다   28

4. 결혼 혼수   49

5. 死者와 재혼   62

6. 어느 죄인의 간증 수기   104

7. 도적들과 날사기꾼들   122

8. 삶의 현장에서   149

9. 인생의 길벗   162

1. 부모의 길

창가에 따뜻한 봄볕이 찾아들자, 성우는 미간을 찌푸리며 눈을 떴다. 그리고 하품을 하며 일어나 앉아 거슴츠레한 눈으로 벽시계를 쳐다보았다.

오전 10시였다. 약 보름 만에 잠을 푹 잤는데 몸이 찌뿌듯했다. 하긴 그동안 새벽녘에 노동 현장에 나가 막일을 하고 밤하늘에 별을 쳐다보며 귀가했다.

'몸이 피곤해서? 아니면 봄이라서!'

진달래가 피기 시작한 4월인데도 여한이 가시지 않은 첫 주말.

성우는 또 하품을 하며 일어나 요와 이불을 갰다. 그리고 세수를 하고 아침밥을 먹고 집에서 조금 떨어진 뒷동산으로 향한 그의 마음속엔 봄이 움트고 있었다.

'푸른 잔디밭에 아지랑이가 아롱아롱 피어오르고 큰 바위 앞에 할미꽃도 피어 있겠지!'

성우는 지난날의 추억을 떠올리며 뒷동산에 올랐다. 그런데 그곳엔 동네 아이들이 소리를 지르며 축구 게임을 하고 있었고, 큰 바위 앞엔 할미꽃이 아닌 열댓 명의 처녀 총각들이 모여 앉아 있었다.

산과 들에 꽃이 피고, 흰나비와 노랑나비가 진달래꽃에 앉았다가 춤을 추듯 나풀나풀 날아가자, 어린아이들이 잡으려고 뒤쫓기도…….

성우가 곳곳에 광경을 바라보며 봄의 정취를 느끼고 있을 때, 옆쪽에서 귀에 익은 반가워하는 목소리가 들렸다.

"어이, 이성우!"

성우가 고개를 돌려 바라보니, 길정수와 박기철이 활짝 웃는 낯으로 다가오고 있었다.

"야, 반갑다! 우리 얼마 만이야?"

"오랜만에 너희들을 만나 나도 반갑다."

성우도 반가운 얼굴로 한마디 하며 친구들과 악수를 나누었다.

"그런데 너희 둘, 여긴 어쩐 일이야?"

"어쩐 일이긴, 어릴 때 우리 삼총사 놀이터였잖아? 왠지 오늘 여기에 오고 싶어 기철에게 한번 가 보자고 말했어."

그들은 서로의 얼굴을 보며 이야기꽃을 피웠다.

"그래 맞아. 옛날에 우리도 저 아이들처럼 공도 차고, 말놀이도 했잖아?"

정수의 말에 이어 기철도 한마디 했다. 그때였다. 큰 바위 앞에 앉아 있던 열댓 명의 처녀 총각들 앞에 선 양복 차림의 한 청년이 무슨 말인가 몇 마디 하자, 옷을 잘 차려입은 멋쟁이 한 아가씨가 일어서서 산유화를 부르기 시작했다.

"우리 동네 교회에서 야유회 나왔는가 봐. 사회를 보는 저 사람 나하고 아는 사이야."

"성악을 전공한 목소린데."

1. 부모의 길

기철의 말에 정수가 그녀를 보며 한마디 했다.

"이런 데서는 저런 목소리가 울리지 않아."

기철이 또 한마디 하는 순간 멋쟁이 아가씨의 노래가 끝났다. 그리고 사회자가 또 몇 마디 하자, 수수한 차림의 한 아가씨가 일어서서 '옛 생각'을 부르기 시작했다.

"야, 저 아가씨 얼굴도 미인이고 노래도 참 잘 부르네. 혹시 저 노래를 부른 가수 아냐?"

"아니야, 저 아가씨 우리 동네에 살아. 나도 길에서 몇 번 봤는데, 어느 집에 사는 아가씨인지 몰라."

"그래, 난 한 번도 보지 못했는데……"

정수의 말에 기철이 고개를 갸우뚱하며 말끝을 흐리자 성우도 그녀를 바라보았다.

무릎 밑까지 내려오는 검정색 통치마에 흰 남방 차림의 그녀, 성우는 한눈에 뿅 갔으나 한 폭의 그림의 떡이었다.

성우는 친구들이 점심 먹으러 같이 가자고 말했으나 바쁜 일이 있다며 집으로 돌아갔다. 그리고 그는 벽을 등지고 앉아 지난날을 떠올렸다.

대학생과 막일꾼. 공사장에서 힘든 하루의 일을 마치고 집으로 돌아가는 길에, 우연히 동네 어귀 먼발치에서 친구들을 볼 때마다 성우는 길옆에 비켜서서 몸을 숨겼다. 그러나 어쩌다가 친구들을 만나면 그는 기가 죽었고, 그때마다 아버지를 원망했다.

성우는 지난날을 회상하며 긴 한숨을 내쉬었다. 그리고 그는 며칠 전에 본 다큐멘터리 〈부모의 길〉을 떠올렸다.

히말라야 산기슭 오지에 살고 있는 어린 자녀들을 학교에 보내기 위해, 부모들은 자녀들과 10여 일 동안 노숙 생활을 했다. 그리고 그들은 영하 2, 30도의 강추위에 하의를 벗고 자녀를 업고 개천을 건넜다.

성우는 선망의 눈길로 거지나 다름없는 그들의 몰골과 행색을 눈여겨보았다.

하의를 거의 벗은 부모들은 한 걸음 한 걸음 조심스럽게 내디디며 개천을 건넜으나, 아이들의 얼굴은 구김살이 없는 밝은 표정이었고 가슴속엔 꿈과 희망이 있는 것 같았다. 그 순간 성우는 우리네 부모들의 모습을 떠올렸다.

가난을 자식들에게 대물림하지 않으려고 손발이 뭉그러지고 온몸이 다 망가져도 병원에 한 번 가 보기는커녕, 한평생 일벌레처럼 논밭을 갈아 농작물을 심고 가꾸어 자식들을 먹이고 입히고 교육시키며 살아가는 생활상을.

'우리 아버지는 주색잡기에 패가망신 안 하는 놈이 없다는 속담도 안 들어 봤을까?'

성우는 자식들을 위해 한평생 희생하는 우리네 부모들의 일생을 떠올리다가 맘속으로 한마디 중얼거렸다. 그리고 그는 국민학교 1학년 때를 떠올렸다.

성우는 부잣집에 장남으로 태어났다. 그러나 그의 아버지가 주색잡기에 빠져 가산을 다 탕진했고, 어머니는 굶주림보다 폭력을 견디지 못해 성우만 남겨두고 자녀들을 데리고 집을 나갔다.

겨울이 성큼 다가왔다. 하루아침에 걸인의 아들이 된 성우는 떠돌이 신세가 되었고, 불기운이 없는 남의 집 헛간에서 몸을 웅크리고 새우잠을 자기도 했다.

성우는 하루하루가 고달팠고, 아버지가 친척 집을 찾아다니며 어머니의 자취를 물었으나 행방이 묘연했다. 약 두 달이 지나갔다. 어린 성우는 건강이 나빠졌고, 아버지를 따라 시골의 외갓집으로 갔다. 그러나 어머니와 같이 갔을 때처럼 그들을 아무도 반기지 않았다.

성우는 꽁보리밥이라도 끼니를 거르지 않았고, 소죽을 끓이는 따뜻한 방에서 누워 잤으나 건강이 회복되지 않았다.

"엄마가 올 때까지 외삼촌 말 잘 듣고 있어."

성우의 아버지가 한마디 말을 남기고 떠나가고, 그의 또래 외사촌과 외종질도 학교에 가고 난 뒤였다. 그는 마을 어귀 당산나무 굵은 곁가지 위에 올라앉았다. 그리고 그는 멍하니 시간이 가는 줄도 모르고 자동차가 지나다니는 동서로 뻗은 도로를 바라보았다.

약 두 시간마다 한 대씩 시외버스가 아니, 먼 곳에서 간간이 각종 차종이 뿌연 흙먼지를 일으키며 달려오거나 사람들의 모습이 보이면 그는 자리에서 벌떡 일어섰다.

하루 이틀이 지나가고 삼 일째 되는 날, 그는 해가 서산마루에 걸리자 울음을 터뜨렸다.

"어~ 엉엉, 엄마~ 내 혼자 나뚜놓고 어디 갔노? 엄마~ 보고 싶다, 빨리 온나! 어~ 엉엉~"

성우는 기다림에 지쳐 목놓아 울었다. 그러나 그가 울음을 터뜨릴 때마다 열 일을 제쳐 놓고 달려와 주었던 엄마의 모습은 나타나지 않았다.

그는 한참 동안 울다가 코를 훌쩍이며 굵은 나뭇가지에서 내려와, 논

두렁 가 옹달샘에서 눈물과 콧물로 범벅된 얼굴을 씻었다.

성우는 저녁도 굶고 아니, 밥 먹을 생각이 없어 따뜻한 아랫목에 기진맥진한 몸을 뉘었다. 그리고 솜이불을 뒤집어쓰고 온몸을 새우처럼 웅크렸다.

"어 엄마~, 어 엄마……."

그가 또 엄마를 그리워하는 순간 따뜻한 불기운이 지친 몸에 스며들며 몽롱한 의식을 다독거렸다.

얼마나 잤을까? 성우가 비몽사몽간에 느낌이 이상해 눈을 번쩍 뜨는 순간, 꿈에 그리던 엄마의 품에 안겨 있었다.

"엄마, 내 혼자 나뚜놓고 어디 갔다 이제 왔노?"

성우가 품에 안긴 채 엄마의 얼굴을 보며 물었다.

"그동안 고생 많이 했제? 앞으로 다시는 우리 장남 놔두고 어디 안 갈게."

그녀가 성우를 끌어안고 한 손으로 몸을 다독이며 대답하자, 그는 엄마의 품을 파고들며 눈을 감았다. 그리고 그는 이내 얼굴을 들고 "엄마, 내 인자 엄마 말 잘 들을게."라고 말했다.

"그래, 엄마 말 잘 듣고 착하게 크면 훌륭한 사람 된대이."

"그라고 엄마, 아버지가 엄마 찾아다니던데, 내하고 빨리 내빼자."

"그래, 지금은 한밤중이니 눈 좀 붙이고 내일 새벽에 일찍 가자."

성우는 약 석 달 만에 꿈에 그리던 어머니의 품에 안겼고, 국민학교 2학년에 편입되었다.

한 동네에 사는 정수와 기철이, 성우는 4년 동안 그들과 한 반에서 공부하며 친하게 지냈다. 그리고 그도 중학생이 되었으나 어려운 가정

1. 부모의 길

형편 때문에 학업을 중단했다.

  성우는 친구들이 부러웠고 아버지를 원망하며 사춘기를 보냈다. 그리고 그는 약 1년 동안 철공소 견습공으로 일했으나 기술은커녕 구지레한 허드렛일만 했고, 쥐꼬리만 한 월급은 어려운 가정 형편에 보탬이 되지 않았다. 그래서 그는 굶주리지 않으려고 거친 막노동판을 전전하며 청년기를 맞았다.

2. 재 회(再會)

하루의 일을 마치고 집으로 돌아간 성우는 부엌 한쪽에서 샤워를 했다. 그리고 방에 들어와 외출복으로 갈아입고 거울 앞에 섰다.

어깨가 쩍 벌어진 건장한 체격, 그는 거울 속 근육질의 자신을 들여다보았다.

지난 3년 동안 막노동판과 체육관에서 단련한 체격, 성우는 정수와 기철에게 조금도 꿀리지 않았다. 친구들은 부모를 잘 만나 동네 아가씨들과 연애하며 빈들거렸지만, 그는 땀을 흘리며 열심히 일해 두 칸짜리 전세방을 얻었다. 그리고 그는 공부 대신 체육관의 사범이 되었고, 앞으로 어떤 난관과 역경에 처하더라도 헤쳐 나갈 자신도 있었다.

성우는 이런저런 생각을 하며 옷매무새를 가다듬었다. 그리고 집에서 나와 초대 받은 동네의 한 술집으로 갔다. 그날은 정수와 기철이 휴학계를 내고, 입영 전날 조촐한 파티를 여는 날이었다. 그곳엔 열댓 명의 정수 또래가 모여 있었고, 성우와 생면부지의 낯선 또래도 있었다.

"자~ 모두들, 정수와 기철의 입영을 축하하며 건배!"

낯선 또래 한 명이 맥주잔을 들고 일어서서 큰 소리로 말하자, 열댓 명이 맥주잔을 들고 "건배!"라고 외쳤다.

성우는 술 한 잔을 단숨에 비우고 정수에게 입영을 축하한다며 맥주를 가득 따라 주었다. 그리고 기철도 축하해 주었다.

"야~ 성우야, 내 여자 친구야."

"저는 이성우입니다. 앞으로 잘 부탁드립니다."

정수 옆엔 투 스타 출신인 전 국회 의원의 딸이 앉아 있었고, 기철이 옆에도 얼굴이 예쁜 한 아가씨가 앉아 있었다.

성우는 노상안면이 있는 그녀들과 인사를 나누었고, 내일 입영하는 친구들과 술을 마시며 이야기꽃을 피웠다.

시간이 얼마나 지났을까? 성우는 술기운이 알근하게 오르자 내일 일하러 가야 한다는 생각에 자리에서 일어섰다. 그리고 정수와 기철에게 다시 한번 입영을 축하한다고 말하고 집을 향해 발걸음을 옮겼다. 그런데 집에서 가까운 곳에서 수수한 차림의 한 아가씨와 맞닥뜨렸다. 그 순간 그는 고개를 갸우뚱하며 그녀를 뒤따라 걸었다.

약 3년 전 미인이며 노래도 잘 불렀던, 무릎 밑까지 내려오는 검정색 통치마에 흰 남방 차림의 그녀의 모습과 흡사했다.

성우의 집과 약 100m 거리에 아담한 한옥 한 채. 그녀가 뒤도 돌아보지 않고 집 안으로 들어간 뒤 그는 멍하니 대문을 바라보며 서 있었다. 그리고 한참 만에 집으로 돌아간 성우는 내일 일하러 가기 위해 잠자리에 들어 잠을 청했으나, 그녀의 모습이 눈에 삼삼 맑고 고운 목소리가 귀에 쟁쟁했다.

'내가 왜 이럴까?'

그는 잠자리에서 벌떡 일어나 앉았다. 그리고 그녀가 들어간 집 앞으로 뛰어갔다. 그러나 그녀의 모습은 보이지 않았고, 그가 한참 동안 굳게 닫힌 대문을 바라보다가 어깨를 축 늘어뜨리고 돌아서 터벅터벅 걸었다.

다음 날 하루의 일이 끝난 뒤였다. 그는 난생처음으로 마음이 이끄는 대로 걸었고 그녀의 집 앞에 멈춰 섰다. 그리고 그녀가 나타나기를 기다렸으나 기약 없는 기다림이었다.

'어제 내가 저녁 7시에 파티장에 갔으니까 9시 아니, 10시쯤 됐을 거야.'

성우는 집으로 돌아가 저녁을 먹고 제일 좋은 옷으로 갈아입었다. 그리고 그는 밤 9시가 되기 전에 그녀의 집 건너편에 서서 기다렸다.

'그녀가 올 시간이 다 되었는데 왜 아직 안 올까?'

성우는 손목시계를 연신 들여다보았고 10분이 1시간처럼 느껴졌다. 그런 느낌으로 한참 동안 기다렸을 때 조금 떨어진 곳에서 그녀의 모습이 나타났다. 그 순간 그는 반가운 마음에 네다섯 보 다가가다가 멈추어 섰다.

"내가 왜 이러나? 그녀와 아무 관계가 아닌데……!"

성우는 말끝을 흐리며 고개를 흔들었다. 그리고 그는 가까이 다가오는 그녀의 얼굴을 멍하니 바라보았다.

'어제도 오늘도 밤늦은 시간까지 무얼 하다가 집으로 돌아올까?'

그는 대문 안으로 들어가는 그녀의 뒷모습을 바라보며 궁금해 했고, 그가 집으로 돌아가는 길에 그녀를 보호해 주어야겠다고 생각했다. 그러나 그녀가 어디에서 오는지 그는 알지 못했다.

성우는 내일 아침에 그녀를 집 앞에서 기다렸다가 어디로 가는지 뒤따라 가볼까 하는 생각도 했다. 하지만 그의 마음뿐, 노동일은 비가 오면 공치는 날이다.

그는 집으로 돌아가 천장을 쳐다보고 누워 깊은 생각에 잠겼다.

'수수한 차림의 미인인 그녀의 겉모습만 보고 내가 이틀 동안 스토커처럼 쫓아다니다니!'

그는 두 손을 가슴 위에 얹고 자신을 생각해 보았다.

'그런 짓을 누구한테 배웠을까? 부모는 자식들의 첫 스승인데, 폭력을 견디지 못해 집을 나간 어머니의 행방을 뒤쫓던 아버지를 따라다닐 때 배웠을까? 그렇다면 혹시 내가 스토커? 아니야, 나는 스토커가 아니야!'

성우는 지난날을 떠올리다가 머리를 세차게 흔들었다.

'나는 나를 잘 알아. 아가씨의 수수한 모습이 좋았고, 사춘기 때부터 아버지를 원망하며 살았어.'

그는 한숨을 쉬며 열 길 물속은 알아도 한 길 사람의 속은 모른다는 속담을 떠올렸다. 그리고 그녀가 올바른 인성을 갖춘 아가씨인지 알아보아야겠다고 생각했다.

봄 가뭄인가! 두 달 만에 이른 아침부터 봄비가 대지를 촉촉이 적시고 있었다.

성우는 우산을 쓰고 그녀의 집 건너편, 길옆에 비켜서서 오가는 행인들을 보며 그녀를 기다렸다.

약 30분쯤 기다렸을까! 그녀가 변함없는 차림으로 대문을 열고 나와 우산을 쓰고 걸어가자, 성우도 우산을 쓰고 조금 떨어져 걸었다.

그녀는 버스를 타고 중앙동 빌딩촌에서 내려 초고층 건물 안으로 들어갔다. 그리고 오후 5시에 그녀가 퇴근해 또 버스를 타고 빈민촌 입구에서 내려, 볼품없는 천막 교회 안으로 들어가는 순간 젊은 남녀가 인사하는 목소리가 밖에까지 들렸다.

"여러분도 오늘 수고 많으셨지요? 자~ 그럼 수업 시작하겠습니다."

성우는 맑고 또랑또랑한 그녀의 목소리를 듣는 순간, 약 3년 전 뒷동산에서 그녀를 처음 본 감회가 떠올랐다.

'미인인 아가씨가 마음씨도 곱고 착하다니!'

야학교 수업은 밤 9시에 끝났다. 그때까지 성우는 지루한 줄도 몰랐고, 버스를 타고 집으로 갈 때 배에서 꼬르륵 소리가 났으나 배고픈 줄도 몰랐다.

'이런 게 사랑일까? 아무런 보답도 바라지 않고 그녀를 보호해 주어도 마음이 즐겁고 기쁘다니! 내가 그녀를 따라다니다가 헛물만 켜는 게 아닐까? 아니야, 진실한 사랑은 아무런 조건 없이 주는 거야!'

다음 날도 봄비가 내렸다. 성우는 밤 9시가 되기 전에 천막 교회로 갔다. 그리고 그녀의 맑고 고운 목소리를 들으며 수업이 끝날 때를 기다렸고, 그녀와 남남처럼 그는 버스를 함께 타고 집으로 돌아갔다. 그렇게 석 달 동안 그는 보디가드가 된 듯 천막 교회로 갔다.

하절기에 장맛비가 연일 내리는 어느 날이었다. 그날도 성우는 우산을 쓰고 천막의 아가리가 벌어진 틈 사이로 그녀를 보며 강의를 듣고 있을 때였다.

"어~이!"

성우가 고개를 돌려 뒤쪽을 보니, 비옷을 입은 건장한 청년 세 명이 눈을 부릅뜨고 노려보고 있었다.

"당신 거기서 뭐해?"

2. 재 회(再會)

"이곳을 지나가다가."

"이 새끼가 어디서 거짓말하고 있어?"

성우의 말이 끝나기도 전에 세 명 중에 한 명이 거칠게 한마디 내뱉으며, 그의 멱살을 움켜잡았다. 그 순간 성우가 쓰고 있던 우산이 땅바닥에 떨어졌다.

"너, 우리 선생님 괴롭히는 스토커지?"

"아, 아닙니다. 난."

"야, 인마! 우리가 니를 한두 번 본 줄 알아?"

그가 또 성우의 말을 가로막았다. 그리고 그가 또 한마디 내뱉으며 주먹으로 성우의 얼굴을 한 대 때렸고, 누군가 몽둥이로 머리를 세게 내려치는 순간 성우는 땅바닥에 쓰러졌다.

"야! 이 새끼 못 토끼게 교회 안으로 끌고 가자, 경찰에 신고하게."

그들은 성우를 교회 안으로 끌고 갔고, "어머, 머리의 저 피! 이분은 나를 보호해 주는 우리 동네 체육관 사범……."

아가씨의 목소리가 어렴풋이 들리는 순간 성우는 의식을 잃었다.

"아이쿠, 머리야!"

성우가 눈을 뜨는 순간 얼굴을 찡그리며 한마디 했다.

"여, 여긴?"

"그대로 누워 계세요. 여긴 병원이에요."

그가 두 손을 흰 붕대가 감긴 머리에 갖다 대며 일어나려고 하자, 입원실에 앉아 있던 수수한 차림의 그녀가 일어서며 말렸다.

"뭐, 병원?"

"네, 어젯밤 저 때문에 사범님 머리 많이 다쳤어요, 죄송해요."

"아, 아닙니다. 아가씨 아니 서, 선생님 혹시 저를 아십니까?"

"네, 우리 동네 무도관에서 수련생들을 가르치고, 건축 현장에서 질통을 짊어지고 오르내리는 모습도 여러 번 봤어요. 그리고 약 석 달 전부터 밤늦은 시간에 보름달처럼 환하게 저를 보호해 주셨는데, 진작 감사의 인사를 드리지 못해 죄송합니다."

"아, 아닙니다. 제가 스토커처럼 선생님 뒤를 따라다녔고, 저 자신도 모르게 천막이 벌어진 틈 사이로 선생님의 강의를 듣다가 일어난 일인데, 제가 더 죄송하게 생각합니다."

그녀가 말을 한 뒤 머리를 숙여 인사하자, 그는 벌떡 일어나 앉았다. 그리고 그도 사과의 말을 한 뒤 머리를 숙여 인사했다.

"네~, 자신도 모르게 제 강의를 들었다고요?"

"예, 선생님 죄송합니다."

"저 실례지만, 학교는 어디까지 다녔어요?"

"가정 형편이 어려워 중학교 2학년 때 중퇴했습니다."

"그래요. 진작 저에게 사정 이야기를 하고 야학교에 다녔으면, 올해 중졸 검정고시를 칠 수 있는데······"

"선생님, 석 달 전부터 천막 밖에서 선생님의 가르침을 귀담아들었습니다."

그녀가 말끝을 흐리자 성우가 잽싸게 말을 이었다.

"그랬어요? 학적부에 기재해 놓게 생년월일과 이름을 말씀해 주세요."

성우는 감사하다며 생년월일을 말해주었다.

"제 이름은 주은혜예요. 천막 학교에 책은 있으니 필기구만 가지고 공부하러 나오세요."

 성우가 머리를 굽실하며 그녀에게 감사하다고 말할 때, 비웃을 입고 그에게 폭력을 가했던 청년들이 들어왔다. 그들은 선생님을 보호하는 분인 줄 몰랐다며 용서를 빌었고, 성우는 되레 처신을 바르게 하지 않아 미안하다고 말했다. 그리고 그도 내일부터 야학교에서 공부하게 되었다며, 그들에게 잘 부탁드린다고 부언했다.

 다음 날 성우는 하루의 힘든 노동일을 끝내고 피곤함도 잊은 채 야학교로 갔고, 맨 뒤 빈 의자에 앉는 순간 감회가 새로워 두 손으로 책상을 어루만졌다.

 약 7년 전이다. 성우는 등교했으나 밀린 공납금 때문에 교실에서 내쫓겼고, 집에 갔으나 하루에 한두 끼니 거르는 가정 형편이었다.

 어느 날이었다. 성우의 어머니가 머리에 수건을 쓰고 집안일을 하고 있었다. 그런데 그녀가 쓰고 있던 수건이 부엌 바닥에 떨어지는 순간 그의 눈이 휘둥그레졌고, 언제나 머리를 틀어 올려 비녀를 꽂은 어머니의 모습이 아니었다.

"어머님, 머리가 왜 그러세요?"

"아~, 머리가 하도 가려워서 조금 잘랐다."

 그녀가 말하는 순간 성우는 달비를 산다고 외치고 다니던 장수가 떠올랐다. 그리고 그가 그날 저녁 꽁보리밥을 한 그릇 고봉으로 담아 주던 어머니의 모습을 떠올릴 때, 교탁 앞에 서 있던 은혜가 "이성우 씨, 자리에서 일어서세요."라고 말했다.

"오늘부터 여러분과 함께 공부할 분이니 다들 많이 도와 드리세요."

 은혜의 말에 그가 일어서자, 그녀가 부언했다. 그리고 그가 만학도들의 박수를 받으며 머리를 숙여 잘 부탁드린다며 인사말을 한 뒤 의자에 앉았다.

첫 수업 시간부터 성우는 은혜의 말을 귀담아들었다. 그러나 그가 지난날 수업 시간에 배운 집합과 함수였으나 그녀의 말을 이해하지 못했다. 그래서 그는 복습을 하기 위해 보수동 헌책방에서 참고서를 몇 권 구입했다. 그리고 공부에 재미를 붙인 그는 그해에 중졸, 이듬해에 대입 검정고시에 합격했다.

합격자를 발표하던 날 오후, 은혜는 활짝 웃는 낯으로 검정고시를 친 성우보다 더 기뻐하며 합격을 축하해 주었다.

"선생님, 제가 어느 학과를 선택하면 좋겠습니까?"

"학과는 인생의 진로와 상관이 있는데 잘 선택하세요."

그들은 아무도 없는 야학교 긴 나무 의자에 나란히 앉아 대화를 나누었다.

"저도 그렇게 생각합니다. 그건 그렇고 선생님께 물어보고 싶은 말이 있습니다."

"뭔데요?"

"선생님은 외모에 신경을 조금만 쓰시면 엘리트 청년들이 줄을 설 텐데, 허구한 날 수녀처럼 입고 다니세요?"

"하하하, 성우 씨는 수수한 차림의 아가씨보다 외모가 아름다운 아가씨를 좋아하는가 봐요?"

"선생님, 저는요, 외모보다 마음씨가 고운 아가씨를 더 좋아해요."

"그래요, 외모가 아름답고 멋져도 성품이 고약하면 사람들이 싫어하지만, 인물이 좀 빠져도 마음씨가 고우면 다들 좋아하잖아요?"

"그 말은 맞아요. 사람은 사람다운 인품을 갖추어야지요."
"성우 씨, 나는요, 정결하고 수수한 차림이 편안해서 좋아요."
"그렇지만 시대의 변화에 뒤처지잖아요?"
"그래요, 성우 씨 우리가 옷을 왜 입고 살아요?"
"그야 몸을 보호하기 위해서지요."
"그래서 나는 몸 건강을 생각해서 물세탁하는 옷을 즐겨 입어요."
"물론 면 소재가 몸 건강에는 좋지만 따뜻하진 않잖아요?"
"나도 울 소재 옷이 여러 벌 있지만 전부 울 세제로 손세탁해 입어요. 그러나 난 모피 등은 거들떠보지도 않아요. 그리고 결혼도 권세가나 재벌가의 2세가 아닌 내가 사랑하는 사람과 할 거예요."

그날 밤 성우는 잠자리에 들어 그녀와 나눈 대화를 곰곰이 생각해 보았다.

은혜는 한마디로 세상의 온갖 더러움에 오염된 인간쓰레기 같은 삶을 살지 않겠다고 말했다. 그리고 그녀는 결혼도 사랑하는 사람과 할 거라는 소신은, TV나 잡지에서 권력가나 돈 많은 사람과 결혼했다는 떠버리 속물근성 인간들과 같지 않았다.

다음 날 성우는 상쾌한 기분으로 새벽을 맞았다. 그리고 하루의 일을 즐거운 마음으로 끝마치고 무도관으로 가던 발길을 돌렸다.

약 2년 동안 일요일을 제외하고 비가 오나 눈이 오나 야학교를 다녔던 밤거리. 중졸 검정고시를 치르고 고졸 검정고시를 준비할 때까지 곁눈질 한번 하지 않았던 길이다. 그러나 지금은 만학도가 아닌 감회에 젖은 발걸음이다.

"성우 씨, 학과를 선택했습니까?"

"아니요. 아직 선택 못했습니다."

야학교 수업이 끝난 뒤였다. 그들은 어젯밤처럼 긴 나무 의자에 나란히 앉아 대화를 나누었다.

"성우 씨, 오늘은 저한테 물어보고 싶은 말이 없어요?"

"선생님도, 어제 제 물음에 마음이 상했어요?"

"아뇨, 전혀. 성우 씨도 오늘 내가 학생들에게 내 준 과제 내일까지 해 오세요."

"선생님, 저는 졸업했잖아요."

"오늘처럼 내일 밤 나하고 데이트하기 싫으세요?"

"아, 아닙니다. 영광으로 생각하며 내일 꼭 해 오겠습니다."

그날 밤 집으로 돌아온 성우는 밤늦도록 곰곰이 생각하며 쓴 과제를, 다음 날 그녀가 긴 나무 의자에 앉아 신중한 표정으로 읽었다.

"어린 시절부터 고생을 많이 했네요. 성우 씨가 앞으로 가족과 가정의 행복을 위해 살겠다고 결심했으면, 사춘기 때부터 아버지를 원망한 응어리를 없애야 해요."

"예~, 무슨 말씀입니까?"

"내 말은 성우 씨의 부친께서 잘 살았다는 뜻이 아니에요. 성우 씨가 앞으로 가족과 가정의 행복을 위해 살겠다고 결심했다면, 그 결심은 아버지 때문에 하게 되었잖아요?"

"예? 그 말은 맞습니다."

"성우 씨가 냉정한 마음으로 한번 생각해 보세요. 우리가 행복하게 살려면 마음이 편안해야 해요. 마음에 근심 걱정이 있으면 낯빛과 표정이 달라요. 남의 잘못을 용서함은 상대방의 위안보다 나를 위해서예요."

"……."

은혜가 진지한 표정으로 말했으나 성우는 말없이 앞만 내려다보았다.

"그리고 성우 씨, 인생의 진로는 본인이 선택해야 해요. 우리들이 직업을 가지려면 대학에서 전문 분야를 공부해야 하지만, 인생의 행복은 현실에서 찾아야 해요. 그러니까 큰 깨달음이나 진리에 이르는 데에는 정해진 길이나 방식이 없어요."

그녀가 따뜻한 두 손으로 그의 굳은 손을 매만지며 부언했다.

그날 밤 성우는 잠자리에 들어 은혜의 말을 정리해 보았다.

'그녀의 말을 곱씹어도 맞는 말이다. 그러나 나는 덕을 갖춘 성인이 아니다. 어릴 때부터 온갖 고생 다 했는데 가슴속에 맺힌 응어리를 풀어야 한다니! 우리 어머니와 형제들도 밝은 표정으로 웃고 사는데 골수에 맺힌 한을 풀었을까? 아닐 거야, 아버지의 존재를 잊고 살 뿐이지 철천지원수라고 말했는데…….'

성우는 선뜻 단정하지 못했다. 그리고 대학 진학에 대해서 생각하는 순간 동네에 4, 50대의 실업자인 사람들의 얼굴이 떠올랐다. 그들은 대학교 아니 대학원을 졸업했으나 허구한 날 빈둥거렸다.

다음 날 성우는 야간 수업이 끝날 시간에 또 그녀를 찾아갔다.

"선생님, 선생님의 가르침대로 선뜻 단정하지 못했어요."

"사춘기 때부터 맺힌 응어리인데 단번에 풀리겠어요? 그러나 성우 씨가 편안한 마음으로 행복하게 살려면 가슴에 맺힌 응어리가 없어야 해요."

"예, 선생님 말씀 명심하겠습니다. 그리고 저 대학 안 가기로 했어요."

"왜요?"

"우리 사회에 대학을 안 나와도 성공한 사람들이 많고, 행복하게 사는 사람들도 많잖아요."

"그 말은 맞아요. 학벌을 중시하는 사회라지만 우리가 어떻게 사느냐가 더 중요해요."

"그건 그렇고, 오늘 또 선생님께 물어보고 싶은 말이 있어요."

"뭔데요?"

"선생님은 빼어난 미모에 매혹적인 목소리도 선천적인데 배우나 가수가 왜 되지 않았어요? 그리고 혼자서 3시간씩 학생들을 가르치시는데 피곤하지 않으세요?"

"며칠 전에 내가 사람마다 가치관이 다르다고 말했잖아요? 대다수의 사람들처럼 권력과 부를 쫓기보다, 소외된 가난한 사람들과 밝게 웃는 사회가 되었으면 하는 나의 바람이에요. 그리고 성우 씨, 나도 사람이에요. 그러나 검정고시 합격자 발표 때마다 피곤함을 잊고 합격의 기쁨을 누리는 학생들에게 내 지식을 다 전해 주고 싶어요."

"……."

성우는 할 말을 잃고 아름다운 그녀의 얼굴을 바라보았다.

3. 하늘은 스스로 돕는 자를 돕는다

"선생님, 오늘은 두 가지 질문이 있습니다."
"뭔데요? 편안한 마음으로 물어보세요."
성우가 은혜와 긴 나무 의자에 나란히 앉기도 전에 불쑥 한마디 했다.
"첫 번째 질문은, 선생님은 우리 동네 교회에 다녔잖아요? 그런데 천막 교회에 어떻게 오게 되었으며, 두 번째 질문은 저녁을 왜 굶고 다니세요?"
"아~, 우리 동네 교회 목사님이 설교가 끝난 광고 시간에 천막 교회에 야학교가 생겼다며 학생들을 가르칠 자원봉사자가 필요하다는 말에, 마음에 이끌려 이곳을 찾아와 양심에 물어보고 머물게 되었어요. 그리고 저녁을 굶는 게 아니라 수업도 준비해야 하고 밥 먹을 시간이 없어요."
"선생님도 거짓말 잘하시네요. 날씬한 몸매가 망가질까 봐 굶잖아요?"
"성우 씨, 날 놀리지 마세요. 난 몸매 따윈 신경 안 써요."
"제가 감히 선생님을 놀리다니요? 작년 여름 바람이 불고 비가 오는 날 밤 교실 바닥 곳곳에 놓인 양철 세숫대야에 떨어지는 빗방울 소리를 들으며 낭만적이라고, 한겨울 불기운이 없는 천막 교실에서 학생들이 추위에 떨 때 여긴 극기 훈련장이니 정신 바짝 차리라고 큰소리로 말했잖아요?"

"내가 그런 말을 했어요? 난 기억이 없는데요."

"선생님 또 이러신다. 증인이 바로 납니다."

"아~ 코피까지 흘리며 공부하던 성우 씨, 이제 어렴풋이 생각나요."

"작년의 일인데 어렴풋이 생각난다고요? 선생님이 날 놀리는지 갖고 노는지 모르겠네요."

"아하하하, 성우 씨가 놀려서 나도 쪼끔 놀렸어요."

그들은 어느 사이 동갑내기 사제지간 아니, 흉허물 없는 사이가 되었다. 그리고 밤늦은 시간에 '안녕.' 하며 손을 흔들며 각자의 집으로 돌아갔다.

겨울이 성큼 다가오고 있었다.

성우는 노동일이 없어 집에서 노는 날이 더 많았고, 저녁에 무도관에서 수련생들을 가르친 뒤 곧바로 야학교로 갔다.

천막을 꿰맨 실틈 사이로 비도 새고 찬바람도 들어오는 열악한 교육 환경, 그날도 은혜는 학생들을 가르치고 있었다.

'한겨울 밤 나도 수업 중에 말똥한 정신으로 극기 훈련을 받았고, 허영심도 버리고 가슴속에 맺힌 응어리도 풀었는데…….'

성우는 맨 뒤 빈 책상에 앉았다. 그리고 그는 어떤 일이 닥치더라도 용기와 희망을 잃지 말고 굳세게 살아가자고 열정적으로 가르치는 그녀를 바라보았다.

'지금까지 이곳에서 많은 것을 배웠는데, 열악한 환경 속에서도 강경

한 그녀를 도울 방법은 없을까?'

성우는 천막이 찢어져 꿰맨 곳을 멍하니 바라보며 혼잣속으로 중얼거렸다. 그리고 그는 학생들이 떨지 않고 공부할 수 있도록 찬바람을 막아 주어야겠다고 생각했다. 그러나 마음뿐, 그는 시멘트 블록 몇백 장과 모래 등을 살 돈이 없는 가난뱅이 무능력자였다.

약 두 달 전에 성우는 한 달 동안 일한 임금을 몽땅 떼였고, 도급업자인 박 목수를 찾아다녔으나 행방이 묘연했다. 그런데 그를 아는 사람들마다 이구동성으로 양심이 바른 사람이라며, 조금만 기다리면 일꾼들 임금을 갖다 줄 거라고 말했다.

성우는 한숨을 쉬며 학생들을 가르치는 은혜의 얼굴을 바라보았다. 그리고 그는 이런저런 생각을 떨쳐버리고 박 목수의 행방을 찾을 방법을 생각했다.

다음 날 오전 10시 경이었다. 성우는 박 목수와 가장 친한 이 목수가 일하는 공사 현장을 찾아갔다. 그리고 그는 친척이 한옥을 한 채를 짓는데 대목수를 한 사람 소개해 달라고 부탁해서 이 목수를 찾아 왔다고 말했다.

"목조 건축 기술은 박 목수가 최곤데, 그분 연락처 좀 가르쳐 주십시오."

"요즈음 나도 일이 바빠서 박 목수 얼굴을 못 본 지 두어 달 돼, 집에 찾아 가 봐."

"집을 몰라서 이 목수님을 찾아 왔습니다."

"그래."

이 목수는 별말 없이 시멘트 포대를 쭉 찢어, 약도와 주소를 쓴 종잇

조각을 그에게 주며 한마디 당부했다.

"내가 집을 가르쳐 줬다고 말하면 안 돼."

"예, 잘 알겠습니다."

성우는 이 목수와 헤어져 주소와 약도를 보며 박 목수를 찾아갔다. 그런데 박 목수는 그를 보고도 당황하지 않았고, 지치고 야윈 모습에 핼쑥한 얼굴이었다.

"이 군, 미안하네. 어머님의 생명이 위독한데 병원에서 수술비를 가져오지 않으면 수술 안 해준다고 해서 내가 잘못을 저질렀네. 나를 용서해 주게."

'쳇~! 사람의 생명보다 더 귀한 것이 또 있을까?'

성우는 돈을 떼어먹고 도망간 박 목수를 붙잡으면 멱살을 틀어쥐고 죽일 것만 같았다. 그러나 그의 말을 듣는 순간 욱한 감정이 사라졌다. 그 순간 그는 혼잣속으로 한마디 중얼거렸다.

"난 박 목수님 사정도 모르고, 어머님 수술은 잘 되었습니까?"

"응, 덕분에. 지금 회복 중이시네."

성우는 다른 할 말이 없었다. 박 목수에게 어머니 간호를 잘해 주라고 말한 뒤 집으로 돌아갔다.

며칠째 성우는 입맛이 없어 밥을 먹는 둥 마는 둥 밤잠도 설쳤다.

"야야, 무슨 일이 있나? 요 며칠 밥도 제대로 안 먹고 몸도 좀 애볐는데?"

그날도 성우는 입맛이 떨어져 국만 몇 숟갈 뜨다 말았다. 그리고 마루에 앉아 창문 밖을 바라보며 한숨을 쉴 때, 그의 어머니가 숭늉 한 사발을 성우 앞에 놓으며 물었다.

"아무 일 없습니다. 며칠 전에 내 한 달 치 임금을 떼먹고 도망간 박 목수를 만났는데, 어머니 생명이 위독해 수술시켜 드리려고 잘못을 저질렀다며, 자기를 용서해 달라는 말에 위로의 말을 하고 돌아섰습니다."

"그래, 잘했다. 임금은 나중에 받아도 되지만 우선 사람부터 살리고 봐야지."

"어머님, 옛날 의사들은 인명을 중요시했지만, 지금은 죽을병에 걸렸어도 돈이 없으면 치료 한 번 받지 못하고 죽는 사람들이 많답니다."

"요즈음 세상인심이 정말 야박해졌어. 너는 그런 사람들처럼 살지 마라."

"예, 명심하겠습니다. 어머님, 사실은 며칠 전부터 저에게 고민거리가 하나 생겼습니다."

"무슨 고민거리?"

"내가 약 2년 동안 천막 학교에서 공부했잖아요?"

"그래, 못난 부모 만나 중학교도 졸업하지 못했는데 이제 대학교도 갈 수 있다며?"

"예, 그런데 그 학교 천막이 너무 낡아 비가 새고 찬바람도 들어와 불우한 처지의 사람들이 공부하는 데 어려움이 많습니다."

"그래, 그 사람들 처지가 딱해서 우짜노?"

그의 어머니가 한마디 하고 난 뒤, 혼잣말처럼 부언하는 말끝을 흐렸다.

"사람이라면 입은 은혜를 잊지 않고 보답해야 하는데……."

"그래서 내가 시멘트 블록으로 교실을 지어 주려고 마음을 먹었는데,

박 목수를 만나 사정 이야기를 듣고 계획한 일이 물거품이 되고 말았습니다."

"쯧쯧, 하늘도 스스로 돕는 자를 돕는다는 말이 있고, 하늘이 무너져도 솟아날 구멍이 있다는 말도 안 있나? 야야, 너무 신경 쓰지 말그래이."

성우는 어머니가 혀를 차며 두어 마디하고 돌아서자, 숭늉을 한 모금 마시고 초겨울 맑은 하늘의 흰 구름을 쳐다보았다.

그는 그녀를 도와줄 방도가 없을까 하고 생각했다. 그러나 그녀를 위해 해줄 수 있는 건 밤길 동무뿐이었다.

이틀이 지난 아침이었다. 그의 어머니가 아침밥을 먹고 일어서는 성우의 손에 누런 두툼한 봉투 하나를 쥐여 주었다.

"어머님, 이게 뭡니까?"

"야야, 얼마 안 되지만 니가 대학 갈 때 줄라꼬 모아 논 돈이다. 그리고 이 돈은 이달 생활빈데 보태 써거라."

성우의 물음에 그녀는 속바지 주머니에서 또 3만 원을 꺼내 주며 부언했다.

"어머님, 이달에 어떻게 사시려고 생활비까지 주십니까?"

"야야, 산 사람 입에 거미줄 치랴라는 속담도 안 있나? 니 동생도 일하러 다니는데 걱정하지 말고, 학생들 공부 잘 하구로 교실 빨리 지어 주거래이."

"예, 그렇게 하겠습니다."

성우는 한 달 치의 임금보다 많은 18만 원의 돈뭉치를 보며 좋아했다. 그 액수는 그의 가정에 큰돈이었으나 시멘트 블록밖에 살 수 없었

3. 하늘은 스스로 돕는 자를 돕는다

다. 그는 궁리 끝에 교실 사방을 시멘트 블록으로 쌓고 지붕은 찢어진 천막을 수리해 두 겹으로 덮으면 되겠다고 생각했다.

그날 밤 성우는 어깨를 으쓱이며 야학교로 갔다. 그리고 그녀와 긴 나무 의자에 나란히 앉았다.

"저~ 은혜 씨, 날씨가 추워지는데 낡은 천막을 걷어 내고 시멘트 블록으로 야학교를 새 단장할까 생각합니다."

"뜬금없이 무슨 말이에요?"

"날씨가 추워지면 학생들이 공부에 전념할 수 있겠습니까? 학생들에게 정신 바짝 차리라고 강요하기보다 공부할 수 있는 환경을 조성해 줘야 하지 않겠습니까? 그래서 내가 찬바람이 들어오지 않게 교실 벽을 시멘트 블록으로 쌓으려고요."

"성우 씨, 교회는 목사님 승낙 없이 우리 생각대로 개축할 수가 없어요."

"그래요, 그럼 은혜 씨가 목사님께 말씀드려 보세요."

"예, 알았어요. 그리고 성우 씨, 몇 년 동안 나와 함께 다니면서 교회는 왜 나와 같이 다니지 않아요? 하나님을 믿는 내가 싫으세요?"

"아, 아닙니다. 은혜 씨를 정말 좋아합니다."

"그럼 낼모레 일요일인데, 나와 같이 교회에 나와요."

"아이쿠~ 정말 영광입니다. 일요일에도 미인이신 은혜 씨와 어깨를 맞대고 앉아 있을 생각을 하니 꿈인지 생시인지 모르겠습니다."

"뭐라구요?"

"예?"

"난 성우 씨가 그런 사람인 줄 몰랐어요."

"무, 무슨 말입니까?"

"내가 못난 사람이라면 옆에도 안 오겠네요?"

그녀가 정색한 얼굴로 그를 빤히 보며 물었다.

"아니~ 어찌 그런 말을, 제자는 스승의 그림자도 밟지 않잖아요?"

성우가 되물으며 약 5년 전의 일을 떠올렸다.

뒷동산에서 〈옛 생각〉을 불렀던 그녀를 보는 순간 그는 한눈에 뿅 갔다. 그러나 지금은 사회에서 버림받고 소외된 자들을 위해 직업으로서가 아닌, 그들의 새 삶을 움 틔우려고 헌신적으로 무료로 봉사하는 선생님을 너무 존경해서 불쑥 결례의 말을 했다고 그가 변명하려 할 때였다.

"아하하하!"

그녀가 웃음을 터뜨린 뒤 말을 이었다.

"그냥 해 본 말인데 졸기는."

"뭐, 뭐요?"

"성우 씨, 내가 겁나요?"

"아, 아니요. 좋아, 아니 존경합니다."

그날 밤 그녀와 이야기를 나누며 집으로 돌아가는 성우의 발걸음은 흰 구름 아니, 무지개 위를 걷는 것 같았다.

일요일 아침에 성우는 분주했다. 하긴 간밤에 아니 그저께 밤부터 그녀와 첫 데이트할 생각에 마음이 들떠 밤잠을 설쳤고, 늦잠을 잔 그는 약속 시간을 지키려고 서둘렀다.

저온의 물로 샤워하고 얼굴에 스킨과 로션을 바른 그는, 거울 속에 양복 차림의 자신을 보는 순간 문득 은혜의 수수한 옷차림이 떠올랐다.

'그녀는 정결함을 좋아하는데…….'

그는 일상복을 입으려다가 양복 차림에 넥타이까지 맸다.

화창한 봄 날씨 같은 초겨울 오전. 성우가 흰 투피스 미디스커트 차림에 핸드백을 든 은혜와 대문을 나섰다. 그리고 그들이 나란히 몇 걸음 걸었을 때, 그녀가 말없이 그와 팔짱을 꼈다. 그 순간 그의 가슴이 펄떡펄떡 기분도 묘했다.

'몇 달 전에는 흉허물 없이 지내자고 말하더니 오늘은 몸으로 대시하다니…….'

"동네에 소문이 나면 나는 몸뿐이지만 은혜 씨는 어찌하려고?"

성우가 맘속으로 중얼거리다가 그녀에게 물었다.

"어찌하긴요. 젊은 남녀가 다정하게 팔짱을 끼고 가면 다들 좋게 볼 거예요."

그들은 따뜻한 햇살을 받으며 천막 교회로 갔다.

일상복을 입은 젊은 목사는 교탁 아니, 강대상 앞에 서서 60여 명의 신자들과 찬송가를 두 곡 연달아 부른 뒤 예배를 시작했다.

"에~, 오늘 성경 말씀은 마태복음 25장 31절에서 46절까지입니다. 자~, 다 함께 봉독합시다. 인자가 자기 영광으로 모든 천사와 함께 올 때에 자기 영광의 보좌에 앉으리니……. 의인들은 영생에 들어가리라 하시니라. 아멘."

은혜가 핸드백에서 작은 성경책을 꺼내 성우 앞에 펴놓았다. 그러나 그는 건성으로 읽었고, 그의 마음은 온통 그녀에게 가 있었다.

"에~, 사랑하는 성도님들! 우리 천막 교회의 성도님들은 영광의 보좌 오른편에 둔 양처럼, 너희가 여기 내 형제 중에 지극히 작은 자 하나에게 한 것이 곧 내게 한 것이니라 하신 말씀과 같이 살고 있습니다. 제가 목사 안수를 받을 때, 예수님의 가르침대로 길을 잃거나 위험에 빠진 어린양을 구하는 목회자가 되겠다고 하나님께 맹세했습니다. 성도님들, 옛날에 마차나 말은 지금의 자동차와 같습니다. 요즈음 다수의 목자들이 말을 타고 채찍을 휘두르며 길들인 개 몇 마리와 의기(意氣)해, 초원이 사라진 세속으로 양떼를 내몰다가 목이 마르면 양젖을 짜서 마십니다. 그들에겐 염소나 양고기가 양식(糧食)이며 가죽과 털은 교회를 화려하게 확장하거나 신축(新築)하는 데 쓰입니다. 그리고 그들은 세금 한 푼 내지 않고 교회도 매매(賣買)합니다."

목사의 설교를 들으며 성우는 온갖 범죄를 저질러 사회에 문제를 일으킨 몇몇 교역자들의 얼굴을 떠올렸다.

"성도님들, 교회는 재산 증식의 수단인 부동산이 아닙니다. 이런 말을 하는 나를 예수님이 왼편에 둔 교역자들이 교회를 해치는 이단자라고 지탄하겠지만, 저는 영광의 보좌 오른편에 있는 양입니다. 저는 늘 노동복 차림으로 성도님들과 함께 생활하고 있으며, 강대상도 헌 합판으로 만든 교탁입니다. 며칠 전에도 양복 한 벌과 아크릴 투명판으로 만든 화려한 강대상 하나 살 돈으로, 예수님의 가르침대로 연탄 수백 장을 구입해 우리 동네 저소득 취약 계층에 나누어 드렸습니다(마:25:40). 저뿐만이 아니라 자매님들 중에서 한 자매님이 거액의 사비로 중병을 앓고 있는 성도님들의 부모님 세 분을 수술 받게 해 준 일은, 예수님이 병들었을 때에 돌보았음(마25:36)과 같습니다. 그리고 우리 교회에 야학교가 생겼을 때 그 자매님 외 자원봉사자가 세 명이 더 왔습니다. 그런데 지금은 자매님 한 분이 북 치고 장구 치고 꽹과리까지 두드리며 학생들과 함께하고 있습니다. 성도님들, 저는 예수님의 가르침대로 사는 그 자매님을 하나님께서 보내신 천사라고 생각합니다."

목사의 설교에 신자들이 곳곳에서 합창하듯 "아멘! 아멘!"이라고 외쳤다.

"제가 그 자매님을 천사라고 생각함은, 솔직히 불우한 과거 환경 속에서 살았던 성도님들 거의 별(前科)이 한두 개씩 다 있잖아요? 그러나 일류 대학 출신인 미모와 지성을 갖춘 자매님의 헌신적 봉사와 사랑으로, 지금 성도님들 다 새사람이 되었잖아요? 사실 저도 꿈이 많았지만 예수님의 가르침대로 제 직위와 부를 버리고 일상복 차림으로 실천하는 목사가 되었습니다. 성도님들, 예수님을 믿는 기독교인들은 성경 말씀대로 살아야 합니다. 예수님께서 보혈로 우리들의 죄를 사하여 주셨으니 성도님들도 새사람입니다. 성도님들, 아침에 일어나면 십계명을 읽으십시오. 그리고 십계명을 되외며 하루하루 생활하십시오. 그러면 예수님의 사랑이 성도님들에게 임하실 것입니다."

목사의 설교에 신자들이 또 곳곳에서 "아멘! 아멘!"이라고 외쳤다. 그 순간 성우는 은혜의 얼굴을 훔쳐보았다.

"그리고 이성우 성도님이 우리 교회의 천막이 너무 낡아 비가 새고 찬바람도 들어와, 벽을 시멘트 블록으로 쌓고 지붕은 찢어진 천막을 수리해 이중으로 덮는 공사를 내일부터 할 예정이니, 성도님들의 참여와 협조 부탁드립니다."

목사가 축복 기도를 하고 예배를 마쳤다. 그리고 신자들에게 공사 관계로 약 10일 동안 집에서 공부하고 예배도 각 가정에서 보라고 말했다.

교인들이 집으로 돌아간 뒤, 성우는 가까이 다가갈수록 점점 더 멀어지는 은혜를 교회 안에 남겨두고 밖으로 나갔다. 그리고 내일부터 천막을 걷고, 시멘트 블록과 재료 등을 눈대중하고 있을 때였다.

"성우 씨, 지금 뭐하세요?"

"내일부터 일할 예정인데 필요한 재료를 대강 뽑아 보려고요."

"시간이 오래 걸려요?"

그녀가 성우 옆에 다가가며 물었다.

"다 했습니다."

"벌써요?"

"예."

"그럼 내가 점심 사 드릴 테니 시내 번화가 구경 좀 시켜줘요."

"예? 스승님, 솔직하게 저하고 데이트하고 싶다고 말씀하세요."

"뭐라구요? 성우 씨, 저녁 예배를 보고 가려고 하니 시간이 많이 남아서 한 말이에요."

"으흠! 은혜 씨, 내숭 떨지 마시고 얼른 팔짱을 껴요."

성우는 헛기침을 한 번 한 뒤 바른손 팔꿈치를 ㄱ자로 구부리며 말했다.

"애걔걔, 나 참 기가 차서. 점잖은 사람답지 않게 왜 이러세요?"

"아하하하, 오늘 내가 양복 차림으로 은혜 씨 옆에 앉아 있었는데, 내 모습이 너무 초라해서 되갚아 주려고 은혜 씨를 놀려 먹었어요."

"뭐라구요?"

"은혜 씨가 거액의 사비로 성도님들 부모님 세 분의 중병을 낫게 한 일 나에게 말 안 했잖아요?"

"아니, 내가 자랑 삼아 성우 씨에게 말해야 해요? 예수님이 너는 구제할 때에 오른손이 하는 것을 왼손이 모르게 은밀하게 하라(마6:3-4)고 가르쳐서 말 안 했어요."

"그~ 그, 그래요."

성우가 괜한 꼬투리를 잡으려다가 코가 납작해졌다.

"칫, 어디 한번 두고 봅시다."

그녀가 눈을 흘기며 한마디 했으나 성우의 눈엔 곱게 보였다.

"은혜 씨가 용서와 사랑을 나에게 가르쳐 주었으면서 어디 한번 두고 보자고요?"

"내, 내가 학과목 외 그런 것도 가르쳤나?"

그녀가 말을 더듬으며 고개를 갸우뚱했다.

"그래요, 내 가슴속에 맺혀 있던 응어리도 사라졌어요."

"그럼, 그 말 취소예요."

그들은 어린아이들처럼 언제 그랬느냐는 듯 밝은 표정으로 버스를 타고 번화가로 향했다.

남포동, 자갈치 시장, 국제 시장……….

그들은 자연스레 한 쌍의 다정한 연인처럼 팔짱을 끼고 번화가 곳곳을 구경하며 돌아다녔다.

"성우 씨, 전복 좀 보세요, 조금씩 움직여요."

은혜가 경이에 찬 눈빛으로 수족관 안에 전복을 보며 한마디 할 때였다. 진열대 위 갈색 대야 안에 있던 멍게가 그녀의 얼굴을 향해 물총을 쏘듯 물을 세차게 내뿜었다.

"어마나!"

"하하하~, 멍게가 나는 본체만체하더니 은혜 씨를 보는 순간 깍듯이 인사하다니!"

그녀는 얼굴에 바닷물이 닿는 순간 깜짝 놀라며 소리를 질렀고, 성우는 웃음을 터뜨리며 양복 포켓 속의 손수건을 꺼내 그녀의 얼굴에 있는 물기를 가볍게 훔쳐 주며 너스레를 떨었다.

"짓궂긴, 내가 멍게한테 당한 게 그렇게도 좋아요?"

"당하긴요, 멍게가 들으면 섭섭해 하겠습니다. 에, 다음은 국제 시장으로 모시겠습니다."

성우는 발길을 돌려 그녀와 나란히 걸으며 입을 뗐다.

"은혜 씨, 고향이 부산 아닙니까?"

"부산이에요."

"그런데 부산의 지리와 관광지를 몰라요?"

"네, 고등학교를 졸업하고 서울에서 대학을 다녔어요. 그리고 모 교수님이 무역회사에 추천해 부산에 내려왔어요."

"그러니까 부산에 지리나 관광지를 모를 수밖에요."

"나도 어린이 대공원과 해운대 해수욕장에 가 봤어요."

"그런 곳보다 다음엔 천혜의 자연이 잘 보존되어 있는 태종대로 안내할게요."

그들이 이런저런 대화를 나누며 국제 시장 입구에 갔을 때였다. 성우는 소변이 마려웠고, 사방을 둘러보았으나 화장실이라고 쓴 팻말이 눈에 띄지 않았다.

"은혜 씨, 내 잠깐 볼일 보고 올 테니 잠시만 기다려 주세요."

성우는 말이 채 끝나기도 전에 또 사방을 두리번거렸고, 조금 떨어진 곳에 다방 간판이 눈에 띄었다. 그는 그곳으로 뛰어가 참았던 소변을 봤다. 그런데 커피도 한 잔 마시지 않고 그곳에서 나왔을 때 남자 세 명이 은혜의 주위를 에워싸고 있었다.

성우는 낌새가 이상했으나 말없이 그들 가까이 다가갔을 때였다. 은혜 앞에 선 한 명이 두어 걸음 뒷걸음질 치다가 그녀와 부딪히는 순간, 옆에 서 있던 한 명이 잽싸게 그녀의 핸드백 속에 든 지갑을 소매치기 했다.

"꼼짝 마!"

성우가 소리를 지르며 바른손으로 지갑을 소매치기한 손을 꺾어 잡는 동시에, 왼손으로 옆에서 망본 또 한 명의 허리띠를 움켜잡았다. 그리고 그는 왼발을 허공 높이 쳐들어 바람잡이의 등을 힘껏 찼다. 그 순간 그가 "욱!"하며 앞으로 고꾸라졌다.

"성우 씨, 왜 폭력을 휘두르고 그래요?"

"은혜 씨, 핸드백에 뭐가 없어졌는지 확인해 보세요."

"어머나, 내 핸드백!"

성우의 말에 그녀는 열린 핸드백을 보고 깜짝 놀란 격앙된 목소리로 한마디 했다.

"형씨, 이 손 놓고 좀 이야기합시다."

"무슨 이야기? 당신들 오늘 정말 제삿날 되고 싶어?"

성우의 바른손에 잡힌 소매치기가 지갑을 땅에 떨어뜨리며 한마디 하자, 그가 손목을 꺾으며 물었다.

"악! 아야! 혀, 형님 우리들이 잘못했습니다. 죽을죄를 지었습니다."

"무슨 죽을죄? 땅에 떨어뜨린 지갑 빨리 주워 들지 못해!"

성우가 소리를 지르자 그는 아픔을 참으며 땅에 떨어뜨렸던 지갑을 주워 들며 꿇어앉았다.

"당신들 순식간에 제압되어 봤어? 내가 어떤 사람인지 모르고 도망가려고 해?"

"아이쿠, 형님! 형님을 못 알아보고 죽을죄를 지었습니다. 한 번만 용서해 주십시오."

"당신들 꿇어앉아 잘못을 빌고 용서를 구하든지 아니면 우리와 파출소로 가든지 선택해."

성우는 말이 끝남과 동시에 붙잡고 있던 손과 가죽 허리띠를 놓아주었고, 그들은 땅바닥에 꿇어앉아 두 손을 비비며 용서해 달라고 말했다.

"당신들, 정신 좀 차리세요. 나이가 어린 사람에게 형님이라니? 그리고 용서해 줄 사람은 내가 아니라 얼굴이 하얗게 질려 옆에 서 있는 아가씨입니다."

은혜는 잘못을 비는 그들에게 앞으로 나쁜 짓 하지 말라고 타이르고 용서해 주었다. 그리고 그들은 소문난 맛집에서 점심 겸 저녁을 먹고 예배 시간에 맞추어 천막 교회로 갔다.

다음 날 아침 성우는 트럭에 블록 등을 싣고 현장으로 갔다. 그런데 그곳에 천막은 간데없고 책걸상만 한가운데 쌓여 있었다.

작업복 차림의 목사와 신체 건장한 여러 명의 남자들. 그들은 성우를 반갑게 맞아 주었고, 목사가 천막이 너무 낡아 재활용할 수 없어 버렸다고 말했다. 그리고 성도들이 십시일반으로 돈을 모아 슬레이트로 지붕을 덮을 계획이라고 부언했다.

목사와 여러 형제들은 트럭에 실려 있는 시멘트 블록과 모래 등을 내렸고, 곡괭이와 삽을 들고 기초 공사를 시작했다. 그들은 공사 현장의 일꾼들보다 노동일을 더 잘했고 새참 때였다.

국수와 막걸리 그리고 빵.

"카~, 술맛 좋다. 땀 흘리며 일할 때는 막걸리 한 사발이 갈증도 가시고 배도 든든해서 참 좋아."

목사가 막걸리 한 사발을 벌컥벌컥 들이켠 뒤 한마디 했다.

"모, 목사님도 술을 마십니까?"

성우가 두 눈을 동그랗게 뜨며 물었다.

"예, 성도님. 사람 밖에서 몸 안으로 들어가 그를 더럽힐 수 있는 것은 하나도 없다. 오히려 사람에게서 나오는 것이 그를 더럽힌다(마르 7:15)는 말씀처럼, 저도 신부님들처럼 술 한 잔씩 마십니다. 그리고 저는 양복 차림으로 교회에서 설교만 하는 목사가 아니라, 삶의 현장에 뛰어들어 성도님들과 함께 일하는 목회자입니다. 성도님, 세상에 완전한 인간은 하나님의 말씀에 불복종하기 전의 아담과 하와뿐이었습니다. 개중에 목사도 사람이라고 말하는 목사가 있는데 누가 사람이 아니라고 합니까? 이 말은 목사가 자기의 잘못을 합리화하려는 부당한 말입니다. 솔직히 말해 성직자는 일반 신앙인과 자격도 품격도 다릅니다. 그래서 저는 어떤 현장이든 체험을 통해, 어린양을 지키는 목자로서 길을 잃거나 위험에 빠진 양을 구해 내려고 노력합니다."

"성우 형제님, 백 마디 말보다 목사님이 땀을 흘리며 열심히 일하시는 모습 봤잖아요?"

양팔에 칼자국과 용 등의 문신을 새긴 러닝셔츠 차림에 신체 건장한 중년의 사내가 한마디 했다.

 그들은 새참을 먹고 난 뒤 일을 다시 시작했다.

 성우는 오후 5시가 되기 전에 시멘트 블록을 사방 넉 단, 모르타르가 굳기 전에 넘어질까 봐 더 이상 쌓지 않았다. 그리고 이틀 만에 창틀을 끼워가며 열두 단을 쌓아 놓고 모르타르가 굳을 때까지 기다렸다.

 3일 만이다. 성우가 현장에 가보니 슬레이트와 목재, 모래와 시멘트가 쌓여 있었다.

 '나는 미장공이지, 목수가 아닌데…….'

 성우가 슬레이트를 보며 걱정하고 있을 때, 목사와 형제들이 대들보와 도리나무를 블록 위에 얹고 못질을 했다. 그리고 서까래까지 걸쳐 놓았다.

 그들 중에 한 명은 목수나 다름없었고, 슬레이트로 지붕까지 덮는 일을 반나절 만에 끝마쳤다.

 점심을 먹고 난 뒤였다. 목사가 성우에게 시멘트 블록으로 교회를 지어 주어 고맙다고 말한 뒤, 건물 안팎 벽에 미장 공사를 부탁했다. 그는 쾌히 승낙했고 건물 외벽 높은 곳부터 미장일을 시작했다.

 성우는 성심껏 꼼꼼히 차지게 이긴 모르타르로 벽을 발랐다. 그리고 한겨울에 떨지 않고 공부할 만학도들의 모습을 떠올리며 열심히 일했다. 그는 힘든 일이었으나 박차를 가해 이틀 반나절 만에 외벽 일을 끝마쳤다.

 다음 날 성우가 어두운 실내를 둘러볼 때, 누가 전기 공사를 했는지 목사가 스위치를 올리자 막대형 형광등이 환하게 켜졌다.

 그는 또 내벽 높은 곳부터 미장일을 시작했고, 이틀 만에 일을 끝내겠다는 생각으로 손놀림을 빨리했다. 그렇게 하루가 지나가고 다음 날 저녁녘 출입문 위 높은 벽면만 남아 그가 피치를 올렸다.

"형제님! 사모래 빨리 갖다 줘!"

성우가 소리를 지르며 뒤돌아보니, 작업복 차림의 은혜가 모르타르가 반쯤 든 한 말짜리 물통을 머리에 이고 휘청거리며 다가오고 있었다. 그가 황급히 물통을 내려 주려고 뒤로 한 발 내딛는 순간, 한가운데 엎어 쌓아놓은 걸상 다리에 거꾸로 처박혀 뒷머리가 찢어졌다.

"어머나! 머리에 피! 피!"

은혜가 물통을 내던지고 달려와 꼭뒤에서 나는 피를 보며 소리를 질렀고 뒷일꾼들도 우르르 달려왔다. 그리고 양팔에 칼자국과 용 등의 문신을 새긴 그가 성우를 들쳐 업었다.

그가 헉헉거리며 2분쯤 뛰었을까? 은혜가 지나가던 빈 택시를 세워 성우를 들쳐 업었던 형제와 같이 탔다.

"운전사 아저씨, 병원으로 빨리 갑시다."

은혜의 말이 끝나기도 전에 택시가 달렸고, 성우는 주사를 맞고 뒤통수를 열 바늘이나 꿰맸다. 그는 통증이 심했으나 얼굴을 찡그리며 참았다. 그리고 머리에 치료가 끝나고 붕대가 칭칭 감겨 졌다.

"제 부주의로 여러분께 심려를 끼쳐 죄송합니다."

"아니에요, 제가 이고 가는 무거운 물통을 내려주려다가 다쳤는데, 성우 씨 미안해요."

"그래도 큰 사고가 아니라서 다행입니다."

"일이 얼마 안 남았는데 마저 끝내러 갑시다."

양팔에 칼자국과 문신을 새긴 그의 말에 이어 성우가 한마디하며 침대에서 일어나려 하자, 은혜가 말리며 한마디 했다.

"성우 씨, 의사 선생님이 다친 부위가 뒷머리라며, 엑스레이 촬영 결과가 나올 때까지 입원해 있어야 한다고 말씀하셨어요."

"예~, 머리 조금 찢어졌는데 입원해 있어야 된다고요?"

"네."

그녀가 대답하는 순간 성우는 주사약 기운인지 고단해서 그런지 눈을 스르르 감으며 잠이 들었다. 그리고 다음 날 점심시간에 눈을 떴다.

"은혜 씨 언제 왔어요, 회사도 안 가고?"

성우가 침대에서 일어나 앉으며 물었다.

"오늘 하루 쉬어요. 오전에 의사 선생님이 오늘 퇴원해도 된대요. 그리고 조금 전에 목사님이 축복 기도를 해 주고 갔어요."

"은혜 씨가 나를 좀 깨우지 그랬어요?"

"성우 씨가 코를 골며 자는 모습을 목사님이 보시고 깨우지 말라고 해서 안 깨웠어요."

"아~, 오랜만에 잠 푹 잤네!"

성우가 하품을 하며 기지개를 켰다. 그리고 그가 한마디 할 때 그녀가 불렀다.

"성우 씨?"

"예."

"나는 성우 씨가 좋아요."

"예에?"

성우는 뜻밖의 말에 귀를 의심하며 반문했다.

"은혜 씨, 이제 나를 그만 갖고 놀아요."

"병원에 입원해 있는 사람을 갖고 놀다니요? 성우 씨는 언제나 보름달처럼 환하게 나를 보호해 주었는데, 어젯밤에 집에 갈 때 내가 몇 번이나 뒤돌아보았는지 모르겠어요. 그래서 나를 항상 보살펴 주는 성우 씨를 좋아해요."

성우의 가슴에 그녀가 살며시 안기며 "성우 씨, 사랑해요."라고 말하는 순간, 그는 천하를 얻은 듯 두 팔로 그녀를 살며시 감싸 안았다.

4. 결혼 혼수

그해 겨울은 따뜻했다. 교실 한가운데 큰 연탄난로가 놓였고 만학도들도 추위를 잊고 공부할 수 있었다. 그리고 일요일마다 교인들이 너무 많아 교회는 콩나물시루와 같았다.

교회에는 봉고차도 없고 교인들이 전단지를 들고 다니며 노상에서 전도도 하지 않았다. 그리고 백화점이나 호텔처럼 잘 지은 큰 교회도 한 돈짜리 금반지를 주는 교회도 아닌데 사람들이 주일마다 많이 모여들었다.

성우는 교회 안에 꽉 들어찬 교인들을 보며, 한국 종교계의 허위와 위선과 탐욕으로 장면(粧面)한 사찰과 교회를 떠올렸다.

성우가 누나와 양산에 있는 망불사(亡佛寺)에 갔을 때다. 절 입구에 큰 돌이 쌓여 있었고 그 옆에 포클레인도 한 대 주차되어 있었다. 그리고 주위에 아름다운 여러 종류의 꽃도 피어 있었다.

성우는 절의 경내를 둘러보며 법당 안으로 들어갔다.

어느 곳에서 왔는지? 법당 안에 빽빽이 앉아 있는 불교 신자들.

법좌에 올라앉은 의젓한 풍채의 승려는 금빛 법의(法衣)로 전신을 감싸고 있었고, 그의 구수한 입담에 신자들의 귀가 쫑긋 선 것 같았다.

그가 군대 생활할 때 철없던 젊은 시절의 짓을 참회하고 중이 되었다고 말했다. 그리고 그는 절 입구에 야외 법당을 짓는다고 부언했다.

미국에서 막 들여온 포클레인으로 큰 돌 하나를 집어 놓는 데 150만 원이며, 현금이 없으면 카드도 되고 카드가 없으면 할부도 된다고 말했다. 그리고 불사에 보시한 불자들의 이름을 돌 하단에 새기며 조석으로 가족과 가정이 잘되기를 축원해 준다고 부언했다.

성우는 어처구니없는 말에 법당 밖으로 나갔다. 그리고 그가 승려의 말을 곱씹는 순간 긴 한숨이 저절로 나왔다.

'쳇~! 우리 어머니는 부뚜막 구석에 작은 질항아리 하나를 놓아두고 조석반을 지을 때마다 쌀을 한 줌씩 넣었다. 그리고 일 년에 몇 번 밀가루 포대 자루에 쌀을 담아 머리에 이고 험난한 산길을 걸어서 절에 가 시주했고, 불상에게 절을 하며 가족의 건강과 가정이 화목하게 해 달라고 두 손을 비비며 기도했다. 그런데 우리 어머니와 같은 가난한 불교도들의 가슴에 못을 박는 말을 하다니!'

성우는 기가 막혔다. 철없던 젊은 시절의 죄를 참회하고 중이 되지 말았어야 할 인간이 법좌에 앉아 있다니! 그리고 부산진구 성안로의 가롯 유다 교회에서는 한 신자가 세 사람을 전도하고, 세 사람이 한 달 이상 교회에 다니면 한 돈짜리 금반지를 준다며 그 교회 신자들이 동네 사람들을 부추겼다. 그리고 목사가 취약 계층 노인들을 찾아다니며 자기 아버지와 어머니가 생각이 난다며 맛있는 음식을 사 잡수라고 금일봉도 주었고, 노인들에게 축복 기도도 해 주었다.

성우는 동네 사람들의 말을 듣고 기가 막혔다.

성경에 예수가 이르시되 자기가 곧 길이요 진리요 생명이니 자기를 말미암지 않고는 하나님께로 올 자가 없다고 했는데(요14:6), 한 돈짜리 금반지 아니 한 냥짜리 금목걸이를 줘도 그 사람들이 몇 달이나 교회에 나올까? 그리고 교회 확장에 재미를 붙였는지 아니면, 성직자의 진심인지 위선인지 성우는 헷갈렸다. 그러나 그 교회 교인들의 전도하는 수법을 떠올리면, 성직자의 선행도 의심하지 않을 수가 없었으나 그는 진심이라 생각했다.

어느 날이었다. 동래구의 큰 타월 공장을 철거한 터에, 일꾼들이 신축 공사장에서 일을 했다.

"교인들이 얼마나 많았으면 서면의 부정 교회를 팔고 여기에 방주 같은 큰 교회를 지을까?"

새참 때 작업반장이 막걸리 한 사발을 쭉 들이켠 뒤 혼잣말처럼 한마디 중얼거렸다.

"백화점이나 호텔이 아니고 교회라고요?"

"응, 나도 조금 전에 설계 도면을 보고 알았어."

국수를 먹던 한 일꾼의 물음에 작업반장이 대답했다.

다음 날이었다. 이른 아침부터 신축 공사장 주변에 수백 명이 모여들었고, 성우는 무슨 일인가 하며 잠시 일손을 멈추었다.

"부정 교회 신축 반대!"

맨 앞에 선 양복 차림의 중년의 한 남자가 핸드 마이크로 선창하자, 수백 명의 사람들이 일제히 복창했다.

"동래구 작은 교회 다 죽인다!"

성우는 주먹을 불끈 쥔 바른손을 높이 쳐들며 기세등등하게 구호를 외치는 성직자들과 교인들을 보며, '네 이웃을 네 자신과 같이 사랑하라'(마 22:39)는 성경 구절과 '내가 사람의 방언과 천사의 말을 할지라도 사랑이 없으면 소리 나는 구리와 울리는 꽹과리가 되고…… 그런즉 믿음, 소망, 사랑, 이 세 가지는 항상 있을 것인데 그중의 제일은 사랑이라'(고전 13:1-13)라는 구절도 떠올렸다. 그리고 그가 피켓에 쓴 글을 볼 때 그들은 한목소리로 또 외쳤다.

"작은 교회 재정이 어렵고 아직 개척 교회도 자립하지 못했는데, 부정 교회 신축을 반대한다!"

성우가 목청껏 소리를 지르는 그들의 표정을 보는 순간 세상의 소금과 빛(마 5:13-16)이 되어야 할 기독교인의 모습이 아니었다. 그들의 모습은 대형 슈퍼마켓이 들어설 신축 부지 부근에 전통 재래시장 상인들이 상권을 빼앗기지 않으려고 발악하는 광경과 같았다.

"저런 성직자들이 교회에서 어떤 설교를 할까?"

성우는 그들을 보며 혼잣말로 한마디 중얼거렸다. 그리고 그들 모두는 위선자들이며, 예수를 팔아먹고 사는 가룟 유다라는 생각이 들었다.

성우는 이런저런 생각에 마음이 편하지 않았다. 그러나 예수의 가르침대로 살고 있는 은혜의 밝은 얼굴을 보는 순간 그의 마음도 밝아졌다.

그들은 나란히 앉아 낮 예배를 본 뒤 버스를 타고 태종대로 갔다.

하얀 등대 부근에 기암괴석과 침식 절벽, 그리고 신선 바위와 망부석 등…….

그들은 푸른 바다와 울창한 숲을 바라보며 순환 도로를 걷다가 유람선을 타고 태종대 곳곳을 구경했다. 그리고 등대 밑 유람선 선착장 자갈마당에 내려 해녀들이 장사하는 곳에서 해산물 한 접시와 소주 한 병을 시켰다.

"은혜 씨, 태종대의 천혜의 자연 정말 아름답지요?"

"네, 내 고향이 부산인데 오늘 처음 와 봤어요."

그들이 마주앉아 대화를 나눌 때 아주머니가 멍게와 해삼 한 접시와 소주 한 병을 들고 왔다.

"선생님, 한 잔 받으세요."

"성우 씨, 무슨 말을 하려고 호칭이 달라졌어요?"

"아~, 나하고 같은 현장에서 일했던 사람 이야기 좀 하려고요."

"그래요, 저녁 예배에 참석해야 하니까 술은 조금만 마셔요."

성우가 소주 한 잔을 따라 주자, 그녀도 술을 따라 주며 말했다.

"우리 동네에 사는 사람 간증인데 그 사람 과거가 몹시 어두웠대요. 어느 날 그가 교회 앞을 지나가다가 새사람이 되고 싶어 교회에 들어갔답니다. 그리고 십자가에 못 박힌 예수의 고상 앞에 머리 숙여, 자신의 죄를 고백하며 하염없이 참회의 눈물을 흘리며 구원해 달라고 기도했답니다.

"이야기 도중에 미안한데 그 사람 기독교 신자예요?"

"아니요, 불교 신자인데 자신도 모르게 마음에 이끌려 교회에 들어갔답니다. 그날 이후 그는 지난날을 뉘우치며 새 생활을 했고, 예수님의 말씀을 믿으며 교회에 열심히 다녔다고 합니다. 그런데 어느 날 그가 예배 중에 고함 소리에 눈을 번쩍 떠보니 자신이 침을 흘리며 졸고 있었다고 합니다. 은혜 씨, 그의 고된 처지도 모르고 고함을 지른 목사를 어떻게 생각합니까?"

"내가 그 목사라면 예배가 끝난 뒤, '요즈음 많이 힘들지요'라고 따뜻한 말로 그를 위로해 주었을 거예요."

4. 결혼 혼수

"그래요, 하하하……"

"내 말에 왜 웃어요, 내가 말을 잘못했어요?"

"우리 술부터 한 잔하고 이야기합시다."

성우가 한마디하며 술잔을 들었고 그녀와 잔을 부딪친 뒤 원샷했다. 그러나 은혜는 고개를 돌려 한 모금 마셨다.

"남자들은 쓴 술을 왜 마시는지 모르겠어요."

"그렇지 않아요. 술이 상대방과의 관계를 얼마나 잘 아는데요."

그녀가 미간을 약간 찌푸리며 묻자 그는 웃는 낯으로 대답했다.

"네~, 술이 상대방과의 관계를 알다니요?"

"은혜 씨는 나를 좋아하지 않으니까 술이 쓰지만, 나는 진심으로 은혜 씨를 좋아하니까 술이 달아 입에 짝짝 달라붙어요."

"에이, 거짓말쟁이!"

"내 말 거짓말이 아닙니다. 다른 사람들에게 한 번 물어보세요. 거짓말쟁이는 내가 아니고 은혜 씨예요."

"네~, 내가 거짓말쟁이라고요?"

"그래요, 은혜 씨도 수업 시간에 조는 사람이 있으면 따뜻한 말로 위로해 주기는커녕 고함을 꽥꽥 지르잖아요?"

"그, 그건 학생들이 하나라도 더 배워서 잘되기를 바라는 마음으로 그랬어요."

"목사도 그 사람이 미워서 고함을 질렀겠어요?"

"내 생각이 짧았어요. 앞으로 나도 따뜻한 마음으로 학생들을 대할게요."

"어험, 내 술잔이 비었는데!"

"그 사람 지금도 그 교회에 다녀요?"

성우가 헛기침을 한 번 하며 하는 말에 그녀가 빈 잔에 술을 따르며 물었다.

"아니, 그 교회에 안 다녀요."

"왜요? 교인들이 하나님을 믿고 교회에 다니지, 목사를 보고 교회에 다니지 않잖아요?"

"그건 그래요. 하지만 부산에만 교회가 수천 개가 넘게 있고, 집에서 가까운 곳에 있는 교회에 다니지 않는 교인이 있는가 하면, 교회도 승합차나 버스로 꽤 먼 곳에 사는 신자들을 태우고 가니 아마 교회마다 하나님이 다른가 봐요. 그래서 그는 사람의 방언과 천사의 말을 할지라도 사랑이 없으면 소리 나는 구리와 울리는 꽹과리가 되고(고전 13:1)…… 그런즉 믿음 소망 사랑 이 세 가지는 항상 있을 것인데, 그중에 제일은 사랑이라(고전13:13)고 가르치신 예수님의 사랑이 없는 교회에 다니기 싫다며, 집에서 성경을 읽고 십일조도 예수의 이름으로 가난한 사람들에게 나누어 준답니다."

"요즈음 한국 교회의 방주(方舟)에 예수님의 사랑이 실려 있는지, 아니면 황금으로 가득 채울 빈 칸뿐인지 궁금하며 목적지도 어디인지 모르겠어요."

"은혜 씨, 그래서 다수의 사람들이 대한 기독교 OO회를 대한 기독교 전(錢)노예라고 하잖아요."

성우는 바른말하는 은혜와 함께하면 항상 즐거웠고, 생활 환경의 일부분을 깨칠 때마다 더없이 기뻤다.

어느덧 겨울이 지나가고 새싹이 움트는 따뜻한 봄이 다가왔다.

병역 의무로 군대에 간 정수가 제대 휴가를 받아 집에 오고, 기철도 제대 휴가를 받아 집에 왔다. 그런데 그들은 성우가 집에 없을 때 찾아왔다.

그동안 성우는 어려운 가정 형편 때문에 병역 면제 판정을 받았고, 친구들과 술잔을 나누며 군대 생활의 이런저런 이야기가 듣고 싶었다. 그러나 그들은 어디로 돌아다니는지 만날 수가 없었다. 하긴 측근자의 말을 빌리면 군인들이 휴가를 나오면 갈 곳도 많고, 만나볼 사람도 많아 집에 있을 시간이 없다고 말했다.

"야야, 니가 공부하러 가고 없을 때 친구 둘이 집에 찾아 왔더라."

성우가 밤늦은 시간까지 공부하고 집에 들어가자 그의 어머니가 말했다.

정수와 기철이 첫 휴가를 나왔을 때다. 성우는 검정고시를 준비하고 있었고, 친구들에게 술 한잔 사 주지 못해 그의 마음에 걸렸다. 그날 이후 그들은 서로 바빠 한 번도 만나지 못했다. 성우는 생각 끝에 정수와 기철의 가족에게 '오늘 저녁 7시, 입영 전날 파티를 열었던 술집에서 기다린다.'는 말과 쪽지를 주었다.

그들은 약속 시간 5분 전에 건강한 모습으로 여자 친구들과 나타났고, 성우는 반가운 마음으로 그들을 맞았다.

"야~ 너희들, 인민군처럼 햇볕에 그을린 모습으로 첫 휴가 나왔을 때, 내가 술 한잔 사 주지 못해 마음에 걸렸어. 오늘 우리 즐거운 마음으로 한잔해."

성우가 술잔을 들고 두어 마디 한 뒤, 다들 술잔을 부딪친 뒤 술을 마셨다.

"카~, 술맛 참 좋다! 내가 엊그제 군대에 간 것 같은데, 제대복을 입고 너희들과 마주앉아 술을 마시고 있으니 세월 참 빠르다."

"그렇지, 세월 참 빠르지? 저녁마다 빳다 맞고 할 때가 엊그제 같은데."

"자식, 그때가 그리우면 군대 지원 또 해."

기철의 말이 끝나기도 전에 정수가 맞받았다.

"자~ 자, 너희들 복학은 언제 할 거야?"

성우는 앞에 앉아 있는 친구들을 보며 화제를 돌렸다.

"한두 달 쉬었다가 하지 뭐."

"그래, 부모님들 신경 안 쓰게 너희들 알아서 하고, 자~ 우리 브라보 한 번 하자."

성우가 술잔을 들고 권하자 그들도 술잔을 들었고, 다들 '브라보'라고 외친 뒤 술을 마셨다. 그리고 그는 분위기가 화목해지자 아가씨들의 발그레해진 귓불을 보며 은혜의 얼굴을 떠올렸다.

"오래간만에 만난 너희들하고 밤새도록 놀고 싶지만, 나 내일 아침 일찍 일하러 가야 돼."

"야, 내일 하루 일 안 한다고 굶어 죽나? 우리와 같이 놀자."

"그래, 우리 몇 년 만의 만남인데 분위기 깨지 말고 같이 놀자."

성우가 자리에서 일어서서 한마디 하자 정수와 기철이 권유했다.

"내일 내가 빠지면 안 되는 일이야, 너희들끼리 즐겁게 놀아."

성우는 친구들의 권유를 마다하고 그곳에서 나와 야학교로 발걸음을 돌렸다.

그날 이후 성우의 일상생활은 변함이 없었다. 그러나 정수와 기철은 대학교를 졸업하고 취업과 결혼 준비를 서둘렀다.

어느 날 저녁이었다. 성우가 하루 일을 마치고 집으로 돌아와 저녁을 먹고 바람을 쐬려 나가려고 할 때 정수와 기철이 찾아왔다. 그리고 그들은 근처의 한 다방으로 갔다.

"성우, 너 우리한테 속이는 게 있지?"

정수가 소파에 앉자마자 싱긋이 웃으며 앞에 앉은 성우에게 한마디 던졌다.

"뭐~, 내가 너희들한테 뭘 속여?"

성우는 뜬금없는 정수의 말을 되물었다.

"야, 우리가 다 봤어. 솔직히 말해."

"인마, 너희들이 뭘 봤는지 내가 알아야 대답할 게 아냐?"

성우가 한마디 하는 순간 레지가 그들에게 다가와 차 주문을 받았다.

"그래~, 엊그저께 밤에 기철이와 내가 바쁜 일로 동네 입구를 지나가다가, 니가 어떤 아가씨와 다정하게 팔짱을 끼고 걸어가는 모습 다 봤어. 이래도 실토 안 할 거야?"

"자식들, 그 아가씬 야학교 선생님이야."

"뭐~, 우리 또래던데 선생님이라고?"

"그래, 너희들이 군대에 가기 전날 밤에 그 아가씨를 우연히 만나, 나도 야간 학교에 다니게 되었고 대입 검정고시까지 합격했어."

정수가 두 눈을 동그랗게 뜨며 묻자 성우는 지난날을 이야기했다.

"니 말을 듣고 보니 그 아가씨 얼굴 한번 보고 싶다."

"성우야, 혹시 5년 전에 뒷동산에서 옛 생각을 부른 그 아가씨 아냐?"

"자식, 그 눈썰미로 공부를 열심히 했으면 일류 대학에 갔을 거야."

정수의 말을 이은 기철의 물음에 성우는 핀잔을 주었다. 그러나 기철은 그의 말에 개의치 않고 한마디 더 부언했다.

"야, 오늘 저녁에 내가 한턱낼게. 미인인 아가씨 여기로 오라고 해."

"뭐~, 인마 그 아가씨는 우리들과 달라."

성우가 말하는 순간 레지가 커피를 쟁반에 받쳐 들고 와 그들 앞에 한 잔씩 놓고 갔다.

"무슨 말이야, 우리들과 다르다니?"

"회사에서 퇴근하면 저녁도 굶고 야학생들을 가르치고 밤 11시가 되어 집으로 돌아가. 그래서 내가 매일 집까지 바래다 줘."

"그럼, 엊그저께 밤에 데이트한 게 아니었어?"

기철이 커피를 한 모금 마신 뒤 물었다.

"그래, 너희들 앞으로 우리 또래 아가씨라고 함부로 말하면 안 돼, 알았지?"

성우도 커피를 마시며 친구들에게 당조짐했다. 그리고 그는 대학교를 졸업한 친구들의 근황을 물었다.

"야~, 너희들 요즈음 어떻게 지내, 취직은 했어?"

"대학교를 졸업하면 계획대로 다 이루어질 줄 알았는데 생각대로 되는 일이 하나도 없어."

"너는 약학과 출신이고 기철은 경영학 전공인데, 전문 분야별로 취직하면 되지 무슨 걱정이야?"

"약사로 취직하면 약국 개업하는 데 시간이 걸릴 것 같애."

"그건 당연한 일 아냐? 의대를 졸업해도 수련 과정을 마쳐야 개업의가 될 수 있잖아?"

4. 결혼 혼수

"그래서 난 약혼녀 집에 데릴사위로 들어가 약국을 차릴까 생각 중이야."

"뭐! 뭐라고?"

정수의 말에 성우는 정신이 어리둥절했다.

"야, 니 생각이야, 약혼녀인 추복녀 생각이야?"

"뭐, 누구라기보다 둘의 생각이야."

"인마, 나를 보고 똑바로 말해! 복녀 결정이지?"

"아니야, 나도 그리할까 생각 중이지 아직 결정은 하지 않았어."

"야, 아가씨가 시집가서 시아버지 사랑도 받아 보고 시어머니 꾸중도 들으며 살아야 성숙한 여자가 되지, 자고 싶은 대로 자고 먹고 싶은 대로 먹고 자유분방하게 살면 돼지이지 사람이냐? 그리고 등겨가 서 말만 있으면 처가살이 안 한다는 속담도 있는데, 부모님께 니 생각을 말씀드려 봤어?"

"아니, 아직 말씀 안 드렸어."

"인마, 니 생각은 자식 된 도리가 아니야. 니를 낳아 주고 키워 주고 대학 공부시킨다고 빚까지 진, 자식 뒷바라지 제대로 못해 준 부모 가슴에 피멍 들게 하지 말고 정신 좀 차려. 내가 너라면 큰 병원 약국에 취직해 2, 3년이 걸리든 내 힘으로 약방을 차리겠어."

"……."

"자식, 꿀 먹었나 왜 말이 없어? 그리고 기철이 너도 취직 안 하고 정수처럼 살려고 생각해?"

성우는 앞에 둘이 나란히 앉은 있는 기철에게 대뜸 한마디 던졌다.

"아니, 난 지금 마음이 들떠 취직은 뒷전이야."

"뒷전, 무슨 좋은 일 있어?"

"성우야, 석 달만 지나가면 난 아빠가 돼."

"뭐~, 혼전 임신?"

"응, 내가 낙태 수술을 하자고 했지만, 금옥이가 한사코 태아의 생명을 지키겠다는데 난들 어찌할 수가 없었어."

"그래, 하긴 너희들 국민학교 2, 3학년 때부터 운동장이나 뒷동산에서 친구들과 뛰어놀며 남을 괴롭히던 버릇 지금도 여전하구만! 에레이 못난 놈들아! 불알 찬 놈들이 결혼 혼수가 기껏 혼전 임신과 데릴사위이더냐?"

"야, 넌 우리 사정도 모르고."

"듣기 싫어!"

성우는 한마디로 기철의 말을 가로막았다. 그리고 그는 자리에서 일어나 카운터로 걸어가 커피 값을 계산하고 무도관으로 갔다.

5. 死者와 재혼

그날 이후 보름 만이다. 성우는 기철이가 보낸 청첩장을 받았다. 그런데 친구의 결혼을 진심으로 축하해야 할 그의 기분은 기쁘지가 않았다.

그날 하루 성우는 결근하고 양복 차림으로 결혼식장으로 갔다.

양가의 축하객들이 가득 찬 식장 안, 성우는 밝은 표정으로 하객들을 맞는 기철의 부모에게 축하 인사를 하고 축의금도 냈다. 그리고 그는 식장 안으로 들어가며 신부 측 혼주의 얼굴을 눈여겨보았다.

'금이야 옥이야 귀하고 곱게 키운 딸을 시집보내는 부모의 마음이 서운해서 그럴까? 아니면 딸의 시집살이가 걱정되어 그럴까?'

성우는 궁금하게 생각하며 신랑 측 하객들이 앉는 빈 의자에 앉았다.

"성우, 일찍 왔네."

"응, 이제 와?"

성우가 귀에 익은 목소리에 고개를 돌려 보니 허우대가 좋은 정수와 복녀가 함께 나타났다.

"안녕하셨어요?"

"아~ 예, 오래간만입니다."

성우와 인사를 나눈 그들은 옆 의자에 나란히 앉았다.

"자식, 얌전한 고양이 부뚜막에 먼저 올라간다 하더니, 우리들 중에 제일 먼저 장가가네."

"자네, 신부 부모님 얼굴 봤어?"

정수가 의자에 앉자마자 한마디 하자 성우가 물었다.

"응, 오늘 같은 날 밝게 웃으시면 얼마나 좋아? 자네도 알다시피 기철은 어릴 때부터 손 안 대고 코 풀 정도로 욕심이 많은 약은 애야."

"야, 주위에 사람들이 듣겠다. 말조심해."

성우가 나직한 목소리로 정수의 말을 가로막을 때였다.

사회자가 신랑 입장이라고 소리를 지르는 순간 대기실에서 기철이 싱글벙글 웃으며 나와 주례자 앞으로 걸어갔다. 이어서 결혼 행진곡이 울려 퍼지는 가운데 하얀 웨딩드레스를 입은 신부가 하객들의 축하를 받으며 입장했다.

"자식, 지 바람대로 여사장하고 결혼하는구만!"

정수가 주례 앞에 나란히 선 그들을 보며 혼잣말로 한마디 중얼거리는 순간, 주례가 신랑 신부에게 혼인 서약을 물었다.

그들은 함께 "예."라고 대답했고, 이어서 주례는 일가친척과 친지들 앞에서 두 사람이 성혼하였음을 엄숙히 선언했다. 그리고 그들은 내빈들에게 인사한 뒤 팔짱을 끼고 축하 박수를 받으며 결혼식장을 퇴장했다.

약 30분 만에 결혼식이 끝났다. 신혼부부가 허니문을 떠난 뒤 성우는 집으로 돌아갔다. 그리고 소파에 앉아 휴식을 취하려 했으나 신부의 부모 얼굴이 눈앞에 어른거렸다. 그 순간 흰 웨딩드레스 차림으로 입장하는 신부는 흰 임신복 차림의 임부였다.

'세 살 버릇 여든까지 간다더니, 옛말이 하나도 그르지 않구나!'

성우는 속담이 결코 헛말이 아니라고 여기며 국민학교 시절을 떠올렸다.

판자로 지은 교실과 철조망을 쳐 놓은 담. 그리고 미끄럼틀 시소 등의 시설이 없는 교정. 운동 시간에 남학생들은 주로 달리기 경주와 기마전 등을 했고, 여학생들은 공기놀이, 고무줄놀이를 했다.

성우와 정수와 기철은 한 반이었고, 정수는 기마전을 할 때마다 기마(騎馬)가 되려고 친구에게 눈깔사탕 등을 사 주었다. 그리고 그는 상대편과 싸울 때 앞에 선 아이의 발을 걸어 넘어뜨리라고 말했다.

성우는 착하게 크면 훌륭한 사람이 된다는 엄마의 말을 되외며 그의 말을 듣지 않았으나, 기철은 앞에 선 아이의 발을 걸어 넘어뜨렸다.

'누구의 의도일까? 동네 알부자로 소문난 집의 금옥이? 아니면 대학 간판뿐인 기철이? 아무튼 너희들 앞으로 행복하게 잘 살아.'

성우는 이런저런 생각을 하다가 그들의 행복을 빌었다. 그 순간 권력가와 재벌가의 2세가 결혼해 가정이 파탄된 이들의 얼굴이 떠올랐다. 그러나 그는 사랑을 위해 왕관이나 부를 버린 얼굴을 떠올리며 속물들의 얼굴을 지웠다.

세월은 정말 빠른 것 같았다. 기철이 엊그저께 밀월여행을 갔다 온 것 같은데, 아기가 방글거리며 웃자 그들의 얼굴에 웃음꽃이 피어났다. 그동안 정수 커플도 양가의 부모가 올가을 길일을 택해 결혼식 날짜를 잡아 놓고, 결혼 전에 복녀의 부모가 동네 앞 대로변에 큰 상점 하나를 매입해 약국을 차려주었다.

성우가 하루의 일을 마치고 집으로 돌아가는 길이었다. 그가 동네 입구 꽃집 앞에 다가갔을 때 기분이 떨떠름했다. 그러나 그는 친구가 약국을 개업했는데, 리본을 단 화분 하나 보내지 않았다는 말이 듣기 싫어 꽃집 안으로 들어갔다. 그리고 그는 난초꽃이 핀 화분에 '축, 약국 개업'이라고 쓴 리본을 달아달라고 주인에게 말했다.

"약국 개업을 축하해."

성우가 약국에 들어서며 한마디 하자 정수와 복녀가 반갑게 맞아 주었다.

"지금 일하고 오는 길이야?"

"응."

성우는 화분을 복녀에게 주고 정수와 마주 앉았다.

"자~, 피로회복제 마셔."

"기철이는 왔다 갔어?"

성우는 드링크제와 알약을 받으며 물었다.

"응, 저녁에 자네와 또 오겠다고 했어."

"그래, 오늘 손님은 많았어?"

성우가 알약과 드링크제를 마셨다. 그리고 그가 온갖 의약품이 빽빽이 진열된 약국 안을 둘러보며 물었다.

"응, 지금은 손님이 뜸하지만 하루 종일 앉아 있을 시간이 없었어."

"자네가 바라던 일 아냐? 약 이름과 성분은 다 알아?"

"이름을 다 외우지는 못해도 약을 성분별로 진열해 놓았어."

"자네도 머리는 좋아, 하지만 그 좋은 머리로 잔꾀를 부리니까 그게 문제야."

"이 사람아, 자네 말에 내 마음이 상한 적이 한두 번이 아니야. 그런데 오늘 다른 친구들보다 자네를 더 기다렸어."

"그래, 내가 악의적으로 한 말이 아니니 자네가 이해해."

"나도 알아. 그래서 친구들 중에서."

"쉿, 복녀 씨가 들을라. 우리 지난날 이야기 그만하고 앞으로 서로 도우며 살자."

조금 떨어진 곳에서 복녀가 다과를 들고 오자 성우는 나직한 목소리로 정수의 말을 가로막았다.

"그래, 우리 우정 변치 말고 사이좋게 지내자."

정수가 한마디하며 바른손을 내밀자 그는 악수를 하며 자리에서 일어섰다.

"아니, 왜 일어서?"

"자네 얼굴도 봤고, 집에 가 저녁 먹고 도장에 가야 돼."

성우가 악수한 손을 놓으며 말했다.

"오늘 하루 쉬어. 기철이가 오면 우리 삼총사 요릿집에 가서 한잔해. 오늘 저녁엔 내가 쏠게."

"자식 요릿집은, 난 우리 어머니가 해 주는 음식이 제일 맛있어."

"야, 내가 언제 자네 붙잡았나? 오늘은 못이기는 척 내 말 좀 들어."

성우가 한마디 하며 발걸음을 떼자 정수도 그의 팔을 붙잡으며 한마디 했다.

"인마, 자네하고 나하고 처지가 달라. 자네가 꿈나라에 있을 때 난 이른 아침에 일하러 가야 돼."

"성우 씨, 입장은 알지만 기철 씨가 오면 우리 같이 식사하러 가요."

복녀가 한마디 할 때 기철이 아기를 안고 금옥이와 약국에 들어왔다.
"야, 왜 이제 와?"
정수가 큰소리로 물으며 성우의 팔을 놓았다. 그리고 그가 약국 문을 닫고 요릿집으로 가자고 부언했으나, 성우는 자신의 처지를 그들에게 이야기하고 양해를 구했다.
성우가 집으로 돌아가 소박하게 차려진 밥상 앞에 앉는 순간 문득 은혜의 얼굴이 떠올랐고, 그는 입맛이 없어 수저를 놓고 일어섰다.
그날도 은혜는 학생들을 가르치고 있었고, 밤 10시가 지나서 수업이 끝났다.
"은혜 씨, 우리 포장마차에서 국수 한 그릇씩 먹고 가요."
성우가 그녀와 나란히 포장마차 앞을 지나가다가 말했다.
"성우 씨, 저녁 안 먹었어요?"
"예."
"오늘 친구가 약국을 개업해 축하 파티에 간다고 말했잖아요?"
"축하 화분 하나 사 주고 그냥 왔어요."
"그랬어요, 그럼 우리 국수 먹고 가요."
성우는 은혜와 포장마차에 들어가 국수 두 그릇을 주문했다. 그런데 중년의 아주머니가 국수를 삶아야 한다며 잠시 기다려야 한다고 말했다.
"그럼 아주머니, 소주 한 병과 떡볶이와 어묵꼬치, 따뜻한 국물도 좀 주세요."
"예~, 알겠습니다."
아주머니가 대답하는 순간 성우가 물었.

5. 死者와 재혼

"은혜 씨, 소주는 누가 먹으려고요?"

"누가 먹긴요, 우리가 먹으려고요."

아주머니는 주문한 음식을 이내 식탁 위에 차렸고 성우는 병뚜껑을 땄다. 그리고 그들은 서로의 빈 잔에 술을 따랐다.

"성우 씨, 따뜻한 어묵 국물 몇 모금 마시세요."

그녀가 권하자 성우는 따뜻한 국물을 서너 모금 마셨다.

"아~, 이제 속이 후련하다."

"성우 씨, 앞으로 건강을 생각해서 빈속에 술 마시지 마세요."

"은혜 씨, 애인에게 하는 말 같아요?"

"성우 씨도 나를 애인처럼 보호하지 않아요?"

그가 웃음을 머금고 묻는 말에 그녀도 생글거리며 되물었다.

"내가 은혜 씨를 좋아하며 따라 다닌 게 엊그저께 같은데 벌써 6년이 되었네요?"

"그래요, 앞으로도 우리 서로 도우며 살아가요."

"예, 그런 뜻으로 우리 건배 한 번 합시다."

성우가 술잔을 들고 권하자 그녀도 술잔을 들었다. 그리고 그들은 "건배!"라고 한마디 한 뒤 술잔을 비웠다.

"술맛 참 좋다! 은혜 씨도 단숨에 술잔을 비웠네요?"

"네, 오늘은 술이 쓰지 않네요."

성우의 물음에 그녀는 어묵 국물을 두 숟갈 떠먹고 꼬치어묵 하나를 들며 말했다.

"내가 태종대에서 좋아하는 사람과 술을 마시면, 술이 달아 입에 짝짝 달라붙는다고 말했잖아요?"

"그래서 내가, 신체의 건강 상태와 그때그때의 기분에 따라 술맛이 변한다는 내용을 찾아보았어요."

"자, 우리 술 한 잔 더 해요. 혈액 순환과 건강을 위해서!"

그들은 서로의 빈 잔에 또 술을 따랐다.

"그건 그렇고, 성우 씨 친구가 우리 동네 대로변에 약국을 개업했다면서요?"

"예."

성우가 대답할 때 중년의 아주머니가 주문한 국수 두 그릇을 가져왔다.

"금방 삶아서 맛이 있을 거예요. 퍼지기 전에 어서 드세요."

"네, 잘 먹겠습니다."

아주머니의 말에 은혜가 인사말을 했다.

"아~, 오늘 술도 국수도 맛있고 배도 든든해졌습니다."

"저도 맛난 국수 잘 먹었어요."

"자~, 우리 소화제로 한 잔 합시다."

그들이 국수를 맛있게 다 먹은 뒤였다. 성우가 술잔을 들며 권하자 그녀도 스스럼없이 술잔을 들어 살짝 부딪힌 뒤 마셨다. 그리고 그는 어묵꼬치 하나를, 그녀는 빨간 떡볶이를 하나 집어 먹으며 물었다.

"성우 씨 친구라면 나이가 몇 살 안 되는데, 약대를 졸업하고 자기가 돈을 벌어 대로변에 큰 약국을 차릴 형편이 안 될 텐데 친구 집이 부자예요?"

"내가 듣기로 그 친구 대학 공부 시킨다고 부모가 빚까지 진 줄 알고 있는데, 아가씨 아버지가 우리 지역구의 2선 의원 출신으로 딸을 위해 약국을 차려 주었다 합디다."

"혹시 두 사람 중에 결함이 있어요?"

"그런 것까지 나는 모릅니다."

"성우 씨, 술 한 잔 따라 주세요."

"은혜 씨, 오늘 밤 술이 당기는가 봐요?"

그가 술을 따라주며 물었다.

"우리나라 부모들의 고질적인 병폐가 무능한 자식들의 자립심을 키워 줄 생각은 하지 않고, 장래를 왜 망치려고 하는지 모르겠어요."

"하긴 우리 사회에 그런 사람들이 더러 있고, 그런 사람들이 고개를 되똑 쳐들고 삽니다."

성우는 말을 하고 나서 술 한 잔을 들이켰다. 그리고 그들은 대화를 나누며 술잔을 주거니 받거니, 소주 한 병을 다 마시고 집으로 돌아갔다.

* * *

며칠이 지난 일요일 오전이었다. 은혜가 예쁜 꽃다발과 과일바구니를 들고 성우의 집 대문을 두드렸다.

"저~, 실례합니다. 이성우 씨가 사는 집이지요?"

"예, 맞는데요. 누굴 찾아왔습니까?"

성우는 대문 앞에서 들리는 고운 목소리에 화들짝 놀라며 눈을 떴다. 그리고 요와 이불을 아무렇게나 개어 장롱 속에 넣었다.

"성우 씨, 어머님이세요?"

"그, 그래요."

"어머님, 안녕하셨어요? 저는 성우 씨 친구예요."

"그래요, 무, 무슨 일로?"

성우는 뜻밖에 은혜가 찾아와 무척 당황했다.

"어머님을 일찍 찾아뵙고 인사드려야 했는데, 이렇게 늦게 찾아뵈어서 죄송합니다. 어머님, 꽃다발 받으세요."

"꼬, 꽃다발을, 어서 안으로 들어오세요. 성우야, 손님 오셨다!"

성우는 아직 눈곱도 떼지 않았고, 허둥지둥 잠옷을 벗고 옷을 갈아입을 때 그의 어머니가 소리를 질렀다.

"예! 알았어요. 나갈게요, 잠깐만 기다리세요."

그는 일상복을 입고 거울을 보며 머리와 얼굴을 매만졌다.

"아이쿠, 선생님! 어서 오십시오."

"아이 성우 씨, 제 이름을 부르세요."

그녀는 웃는 얼굴로 성우의 어머니와 대문 안에 들어와 있었고, 성우를 보며 반가운 표정으로 눈을 동그랗게 뜨며 말했다.

"저~ 은혜 씨, 아침에 어쩐 일이세요?"

"성우 씬 내가 보고 싶지도 않았어요?"

은혜는 대답 대신 웃는 얼굴로 말하며 과일 바구니를 내밀었고, 그도 밝은 얼굴로 과일 바구니를 받아들고 그녀를 마루로 안내했다.

"사전에 약속도 없이 집에 찾아오면 어떡해요?"

"성우 씨 일상이 궁금해서 불쑥 찾아왔어요."

그가 마루에 앉아 작은 목소리로 묻자 그녀도 작은 목소리로 말했다. 그때였다. 꽃다발을 안고 있던 성우 어머니가 흰 접시와 과도가 놓인 찻상을 들고 왔다. 그리고 그녀가 들고 온 과일바구니에서 사과 하나를 꺼내 칼로 깎으려고 할 때였다.

"어머님, 과도 저 주세요. 제가 깎을게요."

"우리 집에 처음 온 아가씬데 성우와 이야기나 해요."

"어머님, 그러지 마시고 저 주세요."

그녀가 말을 하며 손으로 과도를 붙잡았다. 그리고 그녀는 사과를 깎아 한 입에 먹을 수 있도록 잘라 접시 위에 가지런히 놓았다.

"아이고, 뉘댁 아가씬지 모르지만 얼굴도 미인이고 솜씨도 참 곱네요."

"어머님께서 아무것도 할 줄 모르는 저를 과찬해주시니 몸 둘 바를 모르겠어요."

성우는 어머니가 그녀를 보고 좋아하는 모습을 보며 그도 기분이 좋았다.

"어머님, 지난겨울에 추위에 떨지 않고 올여름 비가 새지 않는 곳에서 공부할 수 있게 도움을 주셔서, 늦게나마 학생들을 대신해 진심으로 감사 인사드립니다."

그녀가 말을 하고 난 뒤 성우 어머니에게 깍듯이 머리를 숙여 인사했다.

"그럼, 학생들 공부를 가르치는 선생님이 아가씨?"

"예, 맞습니다."

성우 어머니의 물음에 옆에 앉아 있던 그가 대신 대답했다.

"아이고 선생님, 입안 형편이 어려워 중학교도 졸업 못한 우리 아들을, 대학교에 들어갈 수 있게 공부를 가르쳐 줘서 정말 고마워요."

"아니에요, 오히려 제가 성우 씨 도움을 더 많이 받아요. 어머님, 저

앞으로 자주 놀러 와도 되지요?"

은혜의 물음에 성우 어머니는 언제든지 환영한다며 자주 놀러오라고 말했다. 그날 그들은 다정하게 팔짱을 끼고 동네 앞 대로변 버스 정류소로 갔다. 그리고 교회에 가기 위해 버스를 기다리는 동안 성우의 뒤통수가 간지러웠다. 그가 혹시나 하며 뒤를 돌아보니 아니나 다를까, 밖이 훤히 보이는 약국의 큰 유리창 안에 흰 가운을 입은 정수가 그들을 바라보고 서 있었다.

"오늘 우리 약국 앞에 백합화가 활짝 피어 있는 것 같습니다. 두 분 정말 잘 어울리는 멋진 한 쌍입니다."

정수가 약국에서 나와 버스를 기다리는 그들에게 다가가며 웃는 얼굴로 말했다.

"사장님, 약국은 잘 됩니까?"

"저~ 아가씨, 저는 길정수입니다."

"전 주은혜예요."

성우의 물음에 그가 대답 대신 자기소개를 하며 고개를 조금 까닥하자, 그녀도 자기소개를 하며 고개를 조금 수그렸다.

"두 분 다정하게 팔짱을 끼고 어디로 데이트 가십니까?"

"야, 지금 우리 교회에 가려고 버스 기다리는 중이야."

성우가 한마디 할 때 버스가 달려와 정류소에 멈추어 섰다.

"다음에 또 뵙겠습니다."

"네."

그들이 작별 인사를 한 뒤 성우는 은혜와 버스를 탔다. 그리고 그들은 나란히 앉아 오전 예배를 보았다.

5. 死者와 재혼

성우는 저녁 예배 때까지 서너 시간 여유가 있어 은혜와 중국집에 들어가 자장면을 시켜 먹었다. 그리고 그녀와 용두산 공원에 올라가 부산항 앞바다가 훤히 내려다보이는 벤치에 나란히 앉았다.

"성우 씨, 어머님 종교가 뭐예요?"

"불교입니다."

"내가 성우 씨에게 교회에 가자고 말해도, 어머님께서 아무 말씀 안 하시던데요?"

"우리 어머니는 내가 어릴 때 사탕 얻어먹으려고 교회에 가도 아무 말 안 했어요."

"다른 어머니들은 종교가 다르다고 교회에 못 가게 하는데, 성우 씨 어머님은 마음이 넓으시고 자상하신가 봐요."

"그건 그렇고, 은혜 씨가 가르치는 학생들이 몇 명 안 되던데 야학교 문 안 닫아요?"

"목사님도 말씀하시던데 한 명이라도 배우려고 찾아오면 가르쳐 줘야지 어떡해요?"

그들은 부산항에 드나드는 크고 작은 배를 바라보며, 이런저런 대화를 나누다가 저녁 예배를 보고 집으로 돌아갔다. 그리고 성우가 저녁을 먹고 마루에서 앉아 신문을 보고 있을 때 그의 어머니가 옆에 와 앉았다.

"야야, 아침에 그 아가씨가 우리 집에 들어올 때, 나는 하얀 옷을 입은 천사가 들어오는 줄 알았다. 인물도 참 좋더라."

"어머님, 그 아가씨는 내 애인이 아니고 선생님입니다. 서울 명문대 출신으로 미모와 지성미를 갖춘 인텔리 아가씨입니다."

"야야, 내가 뭐라 하나. 그렇더라는 이야기다."
성우가 어머니와 대화할 때 정수가 놀러 왔다.
"초저녁인데 벌써 약국 문 닫았어?"
"응, 어머님 선물입니다."
"약방 개업했다던데 한번 가 보지도 못하고, 잘 먹을게."
정수가 성우 어머니에게 종합 영양제를 한 병 준 뒤였다.
"야, 사실은 오늘 자네 때문에 궁둥이에 좀이 쑤셔 한 시간 일찍 약국 문 닫았어."
"자식, 내 핑계는."
"성우, 솔직히 말해. 아침의 그 아가씨 자네 애인이지?"
"인마, 니도 마릴린 먼로 사진 벽에 붙여 놓고 좋아했잖아?"
"자네 자꾸 말 돌릴래? 어머님, 한번 생각해 보십시오. 선생님이 제자와 애인처럼 다정하게 팔짱을 끼고 다닙니까?"
"글쎄다, 나는 잘 모르겠다."
정수의 물음에 그녀는 한마디 하며 영양제를 들고 일어나 안방으로 들어갔다.
"성우야, 사랑은 꽃잎에 앉은 나비와 같아. 기철이와 나처럼 네 품에 안겼을 때 붙잡아 취해야 돼."
"야, 그 아가씨는 금옥이와 복녀가 아니야."
"인마, 니 혼자 잘난 체 고고한 척하지 마! 요즈음 혼전 임신은 옛날처럼 허물이 되지 않아!"
"그래, 요즈음은 본인이 좋아하는 배우자를 선택하는 세월이라 혼전 임신이 허물은 되진 않지만, 그렇다고 떳떳하게 드러내 놓고 말할 일도 아니잖아?"

"나는 너를 위해서 말했는데, 너는 나에게 무안을 줘?"

정수는 삐친 표정으로 한마디 한 뒤 대문을 박차고 나갔다.

그날 이후 은혜는 일요일마다 성우의 집을 찾아왔다. 그가 집에 있을 때도 일하러 가고 없을 때도, 그녀는 허드레옷으로 갈아입고 설거지와 집안 구석구석을 청소했다.

성우 어머니가 극구 말렸으나 그녀는 백지장도 맞들면 낫다고 말했다. 그리고 그녀는 성우 어머니와 빨래도 같이 했고, 성우의 작업복 등 빨랫감을 섬섬옥수로 깨끗이 빨아 빨랫줄에 널었다.

"아이고, 우리 성우가 미모와 지성미를 갖춘 선생님 심성도 곱다고 말하던데 정말이네. 선생님, 오늘 고마워요."

"어머님이 수고 더 많이 하셨어요."

그녀가 냉수 한 컵을 작은 쟁반에 받쳐 들고 마루에 앉아 쉬고 있는 성우 어머니에게 주며 한마디 했다.

"아이고, 오늘 주객이 전도되었네."

성우 어머니가 한마디하며 컵에 든 물을 마신 뒤였다. 은혜가 성우 방에 들어가 허드레옷을 벗고 입고 온 옷으로 갈아입고 성우의 어머니에게 간다고 인사말을 했다. 그리고 그녀는 종종걸음으로 예배에 참석하기 위해 교회로 갔다.

* * *

추석을 넘기자 성큼 가을이 다가왔다.

하늘은 맑고 푸르고 온 산엔 꾀꼬리단풍이 들고, 들판에는 곡식이 익는 황금빛 물결이 일고 있었다.

성우는 버스를 타고 타지방으로 일하러 가면서 추월하는 관광버스 안을 바라보았다.

노인들과 중년층의 남녀들, 그리고 형형색색의 아웃도어 차림의 젊은이들.

"가을이 되었지만 어머님 단풍놀이도 한번 보내드리지도 못하고……."

성우는 선망의 눈길로 노인들을 바라보며 혼잣말로 중얼거렸다. 그리고 그도 사랑하는 은혜와 관광버스를 타고 설악산 등지로 단풍놀이를 가고 싶었다. 그러나 마음뿐, 하루도 쉬지 않고 일해도 그의 가정 형편은 나아지지 않았다.

노동자의 일당은 비싸다. 그러나 일할 준비가 되지 않아서, 비가 와서 겨울엔 건축 일이 거의 없다. 그리고 각종 수당과 퇴직금도 한 푼 없다.

일 년 열두 달 동안 이것저것 따져 계산하면 최저 월급쟁이보다 돈이 적다. 그렇기에 노동자들이 하루도 쉬지 않고 힘든 일을 해도 가정 형편이 나아지지 않는다. 그래서 성우는 생각 끝에 건축 청부업자가 되었고, 그의 어머니의 소개로 외사촌이 집을 한 채 신축할 때 첫 삽을 떴다.

어느덧 가을도 짙어 가고 있었다.

아침 늦게 일어난 성우는 추리닝 차림으로 뒷산 산책로를 따라 조깅을 하고 집으로 돌아와 물걸레로 집안 구석구석을 청소했다. 그리고 그는 샤워를 하고 양복을 입었다.

"성우 씨!"

집 밖에서 은혜가 대문을 두드리며 소리를 지르자, 그는 벽에 걸린 거울 앞에서 넥타이를 매다가 잽싸게 나가 문을 열어주었다.

"오늘은 일요일이 아닌데?"

그가 쪽문을 밀고 들어오는 그녀를 보며 물었다.

"요즈음 얼마나 바빠서 요일도 몰라요? 오늘 일요일이에요."

"그래요, 나는 오늘 친구 결혼식에 가야 하니 은혜 씨 혼자 교회에 가세요."

"나도 오늘 결혼식장에 가요."

"예~, 그런데 왜 우리 집으로 왔어요?"

"성우 씨와 같이 가려고요."

"뭐라고요?"

"엊그저께 아침에 출근하는데 버스 정류장에서 정수 씨가 청첩장을 나에게 주면서 초대했어요."

그들이 대문 안에 서서 대화를 나누고 있을 때, 성우 어머니가 안방에서 나와 반가운 표정으로 인사말을 건넸다.

"아가씨, 어서 와요?"

"어머님, 그동안 안녕하셨어요?"

그녀가 머리를 숙이며 인사하자, 그녀도 마루에 서서 인사를 받으며 손짓을 했다.

"예, 잘 있었어요. 어서 안으로 들어와요."

"어머님, 저희 예식장에 가야 할 시간이에요."

성우가 한마디하고 구두를 신고 그녀와 집을 나섰다.

예식장 입구에 신랑 측과 신부 측의 모양새가 대조적이었다. 양측 혼주들의 얼굴색과 표정이 달랐고 축하객도 신랑 쪽은 평민들 같았으나 신부 쪽은 세도가들 같아 보였다. 그리고 화환도 신랑 쪽엔 네다섯 개가 세워져 있었으나 신부 쪽은 화려한 드림을 단 화환이 두 줄로 빽빽이 늘어선 맨 앞 화환 옆에 대통령 기(旗)도 세워져 있었다.

"신부 아버지가 이성 장군 출신으로 전 국회 의원이라서?"

성우가 기를 보며 혼잣말로 중얼거릴 때 옆에 서있던 은혜가 물었다.

"성우 씨, 뭘 보고 그러세요?"

"신부 아버지가 나라에 무슨 공을 세웠기에."

"아~, 저거 별것 아니에요. 우리나라 곳곳에 저 사람들 단체가 있어요. 거기서 기를 혼삿집이나 상갓집에 보내요."

그녀는 그의 말을 다 듣지도 않고 말했다.

"쳇, 난 대통령이 보낸 줄 알았네."

성우는 못마땅한 표정으로 한마디 중얼거렸다. 그리고 그는 정수 부모에게 축하 인사를 하고 축의금도 냈다.

그날도 기철이 결혼할 때처럼 약 30분 만에 결혼식이 끝났다. 갓 결혼한 부부가 신혼여행을 떠난 뒤 성우는 가을의 정취를 느끼고 싶어 은혜와 해운대행 버스를 탔다. 그런데 그들이 종점에서 내려 해수욕장으로 걸어가는 도중, 성우는 목적지를 잘못 택했다는 생각이 들었다.

고층 빌딩과 관광호텔, 술집과 음식점이 즐비한 그곳은 피서객들의 숙박과 유흥 시설을 갖춘 휴양지였다. 그러나 해수욕장 일대에 기존 주민들의 해안 조망권을 침해한 큰 빌딩은, 우리 사회를 좀먹는 돈벌레인 군상들의 행패였다.

성우는 은혜의 손을 잡고 이런저런 생각을 하며 해수욕장으로 갔다. 그곳엔 피서객들의 흔적을 지우듯 쉼 없이 파도만 밀려들 뿐, 그는 가을의 정취를 느낄 수 없어 택시를 타고 달맞이 언덕을 넘어 청사포로 갔다.

마을 곳곳에 감나무엔 빨간 감이 주렁주렁 열려 있었고, 조그만 포구에는 고깃배가 간간이 드나들었다.

"아~, 전어 굽는 냄새! 은혜 씨, 집 나간 며느리도 발길을 돌린다는 전어구이 먹어 봤어요?"

성우가 콧구멍을 벌룽거리며 물었다.

"음~, 성우 씨가 먹는 음식 다 먹을 수 있어요."

"그래요, 그럼 멍멍이도 먹을 수 있어요?"

"아이, 성우 씨!"

"아, 그 말 취솝니다, 취소. 나도 멍멍이는 안 먹어요."

그녀가 눈을 흘기며 토라진 표정으로 한마디 내뱉자 그는 얼른 말을 주워 담았다. 그러나 그의 눈에는 그녀의 삐친 표정도 예쁘게 보였다.

그들은 언제 그랬느냐는 듯 다정하게 팔짱을 끼고 해안가를 거닐다가 어느 횟집으로 들어갔다. 그리고 그들은 청사포 앞바다가 훤히 보이는 실외 테이블에 앉아 전어 회와 구이를 한 접시씩 시켰다.

성우가 나무젓가락으로 접시 위에 놓인 노릇노릇하게 구운 전어 한 마리를 집어 들었다. 그리고 그가 머리부터 입에 넣어 씹으며 한마디 했다.

"은혜 씨, 전어는 머리를 먹어야 참맛을 느낄 수 있어요."

"그래요, 난 살만 먹을게요."

"뭐라고요?"

그녀가 한마디 하며 나무젓가락으로 살을 조금 떼어 먹자, 그는 머리뼈를 바삭바삭 씹으며 말을 되받았다.

"성우 씨, 내 말귀를 못 알아들었어요?"

그날 성우는 기분이 좋았고 술도 달았다. 그리고 그녀도 술맛이 좋은지 잘 받아 마셨다. 그렇게 그들은 티격태격하면서 술잔을 주거니 받거니, 전어 회와 구이를 먹으며 소주 두 병을 마셨다.

성우는 조금 취한 듯한 은혜를 부축해 택시를 타고 달맞이 언덕 위에 있는 한 커피숍으로 갔다. 그리고 그들은 해운대 앞바다가 훤히 보이는 창가에 나란히 앉아 오렌지주스를 두 잔 시켰다.

은혜는 서주와 알레그로를 감상하는지 아니면 취기 때문인지 두 눈을 감고 있었고, 그도 클래식 음악이 지루해 두 눈을 감고 있었다.

얼마나 지났을까? 성우가 눈을 감고 가을의 정취가 물씬 풍기는 샛노란 들국화와 감나무에 주렁주렁 달려 있는 빨간 감, 그리고 바다가 주는 대로 욕심 없이 소박한 삶을 살아가는 어촌 사람들의 검게 그을린 주름진 얼굴을 떠올리고 있을 때였다.

"성우 씨, 음악 감상해요?"

그녀의 음성이 귓전에서 속삭이자 그가 눈을 떴다.

"이제 좀 괜찮아요?"

"나 아무렇지도 않아요."

"아까 술 냄새가 좀 났는데요?"

"성우 씨가 권하는 술을 다 받아 마셨는데 냄새가 안 나겠어요? 그런 내 모습을 보고 실망하지 않았어요?"

5. 死者와 재혼

"내가 권했는데 실망은요? 은혜 씨를 처음 만났을 때 그 마음 6년이 지난 지금도 변함이 없어요."

"그래요, 그럼 우리 결혼해요."

성우는 그녀의 말을 듣는 순간 정신이 멍했다.

"예에, 지 지금 진심으로 하는 말입니까?"

"내가 언제 실없는 말 한마디라도 했어요?"

"은혜 씨, 나도 사랑하는 사람과 결혼하고 싶어요. 하지만 못 오를 나무는 쳐다보지도 말라는 속담처럼 내 분수도 모르고 존경하는 은혜 씨를 범할 수는 없습니다."

"성우 씨가 나를 범하다니요? 사랑을 위해 권력도 명예도 부도 버린 사람들이 있잖아요? 나도 사랑하는 성우 씨를 배우자로 선택했어요."

"뭐, 뭐라고요? 지금 내 정신이 아니니 다음에 우리 말짱한 정신으로 이야기합시다."

그들이 버스를 아니, 성우는 꽃구름을 타고 집으로 돌아가는 것 같았다. 그리고 그녀를 집 앞까지 데려다주고 집으로 돌아간 그는, 방 안에 들어가자마자 옷을 입은 채 뒤로 벌렁 천장을 쳐다보고 누웠다.

'뭐? 나를 배우자로 선택했다고?'

성우가 아무리 곰곰이 생각해 보아도 그녀의 마음을 이해할 수가 없었다.

'나에겐 그녀를 사랑하는 마음과 건장한 체격뿐인데! 집 안 청소를 두세 번 하고 어머니와 같이 빨래 한 번 했다고? 어험! 나도 곰곰이 따져 보면 꽤 괜찮은 놈이야! 얼굴도 남자답게 생겼고 풍채도 의젓하고 공부도 독학으로 철학과 학사 과정 코스를 마쳤다. 그리고 돈도 앞으로

많이 벌 나이다!'

성우가 이런저런 생각을 하며 자신의 허벅지를 꼬집는 순간 통증을 느꼈다. 그러나 다음 날 밤, 그녀는 집까지 바래다줄 때까지 아무런 말이 없었다.

'다음에 말짱한 정신으로 이야기하자고 말했는데, 왜 아무 말이 없을까?'

성우는 그녀와 밤길을 나란히 걸으며 먼저 입을 뗄까 하고 생각해 보았다. 그러나 그는 결혼할 형편이 못 되었고 벙어리 냉가슴 앓듯 속으로 꿍꿍 앓았다. 그래도 그녀를 사랑하는 마음은 변함이 없었고, 6일째 되는 날 밤이었다.

"오늘 아침에 아버지가 나에게 내일 오전 예배를 보고, 성우 씨와 같이 집으로 오라고 말했어요."

"예~, 내, 내일요?"

"네, 내일 오전 예배만 보고 나하고 우리 집으로 가요."

성우가 얼마나 기다렸던 말인가! 그러나 은혜의 말을 듣는 순간 그의 가슴이 덜렁 내려앉았다.

그녀의 부모가 무슨 말을 물을지, 어떻게 대답해야 할지……. 그는 생전 처음 겪을 일이라 무척 긴장되었다.

그는 집으로 돌아가 어머니에게 내일 일을 말했다. 그러나 그의 어머니는 아들의 심정도 모르고 무척 좋아했다.

성우는 뜬눈으로 밤을 지새웠고 이른 새벽에 일어나 샤워를 했다. 그리고 제일 좋은 옷을 입고 은혜와 교회에 가기 위해 버스 정류소로 갔다.

"야~, 오늘은 두 사람 정말 눈부신데, 정말로 신랑 각시 같다."

"정수 씨, 신혼여행은 잘 갔다 왔어요?"

"예, 괌에 4박 5일 일정으로 잘 다녀왔습니다. 자~, 이거 드십시오."

은혜의 물음에 흰 가운을 입은 정수가 드링크제 두 병을 내밀며 대답했다.

"인마, 형님하고 형수한테 신혼여행 갔다 온 선물이 고작 이거야?"

"아, 미안하다 미안해, 내일부터 제일 좋은 강장제로 줄게."

"자식, 결혼 진심으로 축하한다. 앞으로 행복하게 잘 살아."

"그래, 고맙다. 교회에 잘 갔다 와."

그들이 대화를 나눌 때 버스가 정류소에 멈추어 섰다.

그날 그들은 오전 예배만 보고 그녀의 집으로 갔다. 그리고 성우는 그녀의 부모에게 큰절을 하고 소반 위에 놓인 빈 잔에 술을 따른 뒤 마룻바닥에 꿇어앉았다.

"부모님은 다 계신가?"

"어머님만 계십니다."

"학교는 어디 나왔는가?"

"하, 학교는……"

그녀의 아버지의 물음에 성우는 말끝을 흐리며 고개를 수그렸다. 그 순간 성우의 옆에 앉아 있던 은혜가 "아빠, 내가"라고 입을 뗐다.

"어험! 어른이 말하는데!"

인자한 모습으로 앞에 앉아 있던 그녀의 아버지가 기침을 한 번 하며 그녀의 말을 가로막았다. 그리고 잠시 침묵이 흐른 뒤 그녀의 어머니가 물었다.

"총각, 지금 무슨 일을 하고 있어요?"

"건설 현장에서 노동일을 합니다."

"우리 은혜를 좋아해요?"

"예, 은혜 씨를 진심으로 사랑합니다."

"그래요, 하지만 총각과 우리 은혜와 혼처에 관해 입장을 바꾸어 한 번 곰곰이 생각해 보았어요?"

성우는 그녀의 말을 듣는 순간 은혜와 혼인은 틀렸다는 생각이 들었다. 그 순간 그는 뒷동산에서 그녀를 처음 봤을 때를 떠올렸다.

'한눈에 뿅 간 그림의 떡이라고 여겼던 그녀를, 내가 도둑 아니 강도처럼 통째로 꿀꺽 삼키려 하다니…….'

성우는 못난 자신을 자책하며 꿇어앉은 채, "은혜 씨와 결혼에 대해 미처 생각해 보지 않았습니다."라고 말했다. 그리고 그는 일어서서 다시 무릎을 꿇고 큰절을 하며 "두 분께 심려를 끼쳐 드려 매우 송구스레 생각합니다."라고 부언했다.

집으로 돌아간 성우는 책상에 앉아 자신의 처지와 그녀의 어머니가 한 말을 곰곰이 생각해 보았다.

'만약에 내가 세상에 부러울 것이 없는 그녀라면, 자기를 사랑하는 몸뿐인 총각과 결혼하려 했을까?'

그는 자신에게 물어보며 고개를 가로 흔들었다.

'하긴 우리 사회에 스승과 제자가 부부가 된 사례가 없잖아 있다. 그러나 은혜는 직업적인 평범한 선생이 아니라, 사회에서 버림받고 소외된 자들의 새 삶을 움 틔우려고 헌신적으로 봉사하는 선생이다!'

성우는 제자로서 예(禮)를 다해 존경하는 스승을 보필해야 한다고 생각했다. 그래서 그날 밤 그는 수업이 끝날 시간에 야학교로 갔고, 여느 날처럼 그들은 대화를 나누며 걸었다.

"성우 씨, 내가 얄밉지 않아요?"

"솔직히 말해서 나도 평범한 남잡니다. 은혜 씨가 나를 바르게 가르치지 않았으면, 나도 상대방을 괴롭히는 정신 질환자였을 겁니다. 그러나 지금 우리가 이야기하며 걸어가고 있잖아요? 그리고 은혜 씨 모친께서도 우매한 저를 일깨워 주셨습니다."

"그렇게 생각하시다니 저보다 세지(世智)가 깊네요."

그날 이후 일주일이 지나갔다. 그들이 나란히 집을 향해 밤길을 걸어가고 있을 때 은혜가 침묵을 깨뜨렸다.

"성우 씨, 우리 결혼해요."

"난 양가 부모님의 축복을 받으며 결혼하고 싶어요."

"나도 그렇게 생각해요. 그래서 내가 지난 일주일 동안의 일을 부모님께 소상하게 말씀드렸어요."

"뭐라고요?"

"우리 어머님이 성우 씨의 마음을 떠보려고 그런 말을 했지만, 내 말을 듣고 우리의 결혼을 허락해 주셨어요."

성우가 은혜의 말을 듣는 순간 천하를 얻은 것 같은 기쁨도 잠시 걱정이 태산이었다. 그러나 그의 온갖 근심 걱정은 일순간에 사라졌고, 그해가 지나가기 전에 모든 일이 일사천리로 이루어졌다.

성우는 신혼방을 차릴 형편이 못 되었으나 그의 어머니가 친척에게 돈을 빌렸다며 전세로 살던 집을 샀다. 그리고 그들은 출석하는 교회에서 예식을 올렸고 주례도 목사가 섰다.

그날 교회 안은 축하객이 꽉 들어차 콩나물시루 같았고, 야학교 졸업생들의 감사와 축사로 온통 기쁨의 눈물바다가 되었다. 그리고 교회 밖에서는 그들이 자비로 국수를 삶거나 멸치 조개 등을 넣고 끓여 우려낸 국물로 잔치국수를 말아 축하객들을 배불리 대접했다.

* * *

어느덧 10여 년의 세월이 흘렀다.

중년의 성우는 행복한 가정을 이루었고 슬하에 효욱이와 효숙이 남매를 두었다. 그리고 정수도 정태와 혜순이 혜영이 삼 남매의 아버지가 되었고, 기철도 아내보다 키가 큰 정숙이, 영숙이와 네 식구가 되었다.

세월은 정말 유수와 같았다. 그들의 검은 머리에 새치인지 흰 머리카락인지 드문드문 희끗희끗했다.

성우는 남매가 학교에 가고 난 뒤 물뿌리개로 아들과 딸과 만든 꽃밭에 물을 주었다. 그리고 활짝 핀 백합을 보는 순간 문득 지난날이 떠올랐다.

그가 신혼방을 차릴 처지가 못 되어 장가를 가지 않겠다고 말하자, 그의 어머니가 친척에게 돈을 빌렸다며 살던 집을 사 신혼방을 차려주었다. 그리고 은혜도 신혼방에 장롱을 들여놓았다.

첫아기 효욱이를 낳은 뒤였다. 성우가 어머니에게 친척에게 빌린 돈을 언제까지 갚아야 하느냐고 묻자 그녀는 사실대로 말했다. 그때 은혜는 성우 집에 자주 드나들었고, 그의 가정 형편을 알게 된 그녀는 몇 년 동안 번 돈을 저축한 예금 통장을 그의 어머니에게 주었다. 그리고 신랑에게 예물로 다이아몬드 반지와 롤렉스시계를 사 주었으나, 그녀에겐 금반지와 금목걸이가 결혼 예물이었다.

"내가 뭐가 그리 좋아서……."

성우는 백합을 보면서 혼잣말로 한마디 중얼거렸다.

은혜와 결혼하기 전에는 그녀를 하루라도 못 보면 그리워했지만, 후에는 이틀을 못 봐도 그의 마음은 무덤덤했다. 그리고 그녀의 언행에 그는 가끔 짜증도 냈다. 그러나 첫아기를 낳은 후 어머니의 말을 듣고 성우는 대로하며 못난 자기 자신을 자책했고, 그의 아내는 세상에 둘도 없는 소중한 사람임을 깨달았다.

"이 사장! 이 사장 집에 있는가?"

그가 지난날의 이런저런 생각을 하고 있을 때 대문 밖에서 기철의 음성이 들렸다.

"아침에 웬일이야?"

"이 부근에 볼일을 보고 지나가는 길에 자네 집에 들렀어."

성우가 쪽문을 열며 묻자 그는 집 안에 들어서서 말했다.

"부모님도 건강하시고 애들도 잘 크나?"

"응, 어머님과 자네 아내와 애들도 건강하지?"

성우가 먼저 집안 안부를 물었고 그도 집안 안부를 물었다.

"그래, 우리 응접실로 가 커피 한 잔 하자."

성우가 물뿌리개를 화단 옆 수돗가에 놓으며 권했다.

"아니야, 집 밖에서 할 이야기야."

"집 밖에서?"

"자네 어머님과 아내가 들으면 우리 얼굴이 부끄러워져."

"그래?"

그들이 마당에 서서 이야기를 나눌 때, 성우의 아내가 기철을 보며 인사말을 했다.

"안녕하셨어요?"

"예, 요즈음 더 미인이 되셨습니다. 어머님, 집에 계시죠?"

"조금 전에 볼일이 있다며 외출하셨어요."

"그래요, 인사도 못 드리고. 이 사장하고 밖에서 할 이야기가 있는데, 남편 좀 빌립시다."

"네, 그러세요."

그들은 밖으로 나와 근방의 한 다방으로 갔다. 그리고 그들이 마주 앉아 차를 주문한 뒤였다.

"어제 아침에 길거리에서 우연히 고철 등이 담긴 리어카를 앞에서 끌고 뒤에서 밀고 가는 정수 부모님을 봤는데, 내가 인사하려다가 고개를 돌렸어."

"뭐, 정수 부모님이 리어카를 끌고 가?"

성우가 궁금해하며 물었다.

"응, 정수가 부모님 생활비를 안 드리는가 봐. 그리고 자기 부모에게 사시사철 비단옷을 해 드린다고 나에게 자랑삼아 이야기했는데, 때가 묻은 주글주글한 옷을 입은 초라한 행색이 말이 아니었어."

"비단옷은 드라이클리닝을 해야 하는데, 물빨래하고 다림질도 하지 않아 주글주글한 옷을 입고 계셨을 거야."

"이 사람아, 내처럼 부모님께 면옷을 해 드리면 깨끗이 빨아 입을 수도 있고 건강에도 좋잖아, 안 그래?"

성우의 생각을 기철이 이어 받았다.

5. 死者와 재혼

"자네는 나보다 정수와 단짝 친구잖아? 어제 아침에 본 부모님의 모습을 정수에게 이야기해. 그 사람도 생각이 있겠지."

"이 사장, 내가 이 말은 안 하려고 했는데 복녀와 결혼하기 전에 정수가 처갓집에 데릴사위로 들어갔어."

"그 말을 왜 지금 해?"

성우가 묻는 순간 레지가 커피 두 잔을 들고 와 그들 앞에 놓았다.

"자네한텐 그렇게 하진 않지만 내한테는 우격다짐을 해. 그때 자네한테 이야기하지 말라고 나를 얼마나 윽박질렀는지 몰라."

"그래, 정수가 그런 친구였어?"

"그러니 내 대신 자네가 정수에게 부모님의 초라한 행색을 이야기 좀 해."

"알았어. 그건 그렇고, 요즈음도 정수 큰아들 말썽을 부려?"

성우가 쾌히 승낙하며 기철에게 물었다.

"응, 정수 큰아들 정태가 지체 장애아라서 그런지 몰라도 며칠 전에도 대형 유리창을 깼다고 하던데, 아들 때문에 정수가 무척 괴로워해."

"그래, 그 애 태어날 때 건강했잖아?"

"정태가 초등학교 2학년 땐가 왼쪽 다리가 조금 자춤거린다며 병원에 치료받으러 다녔는데, 몇 년 전부터 목발을 짚고 다녀. 그때부터 건강하던 복녀가 시름시름 신병을 앓기 시작했어."

"허 참, 내가 어느 책에서 읽었는데 혹시 자네 운명이나 영혼이 있다고 생각해?"

성우가 딱하게 여기며 물었다.

"그렇잖아도 복녀가 지푸라기라도 잡으려는 심정으로 용하다는 무속인을 찾아가 물어보니, 외조부가 죄를 많이 지어 정태가 소아마비에 걸렸고, 복녀가 신내림을 받아 업고를 풀어야 앙급자손을 면할 수 있고 집안도 편안해진다는 점괘가 나왔다네."

"자네는 무속인의 말을 믿는가?"

성우가 또 심각한 표정으로 물었다.

"전혀 틀린 말은 아니지만 나는 안 믿어."

"성경에도 예수가 사십 일 동안 성령에게 이끌리시며 마귀에게 시험을 받는 구절이 있어.(눅4:1-13) 그러나 예수는 마귀의 유혹에 현혹되지 않고 다 물리쳤어. 나도 하나님을 믿기 때문에 무속인의 말을 일체 안 믿어. 하지만 성직자라도 성경을 앵무새처럼 줄줄 외우며 돈 등을 숭배하거나, 하나님을 믿지 않고 선한 마음으로 바르게 사는 사람들에게도 마귀가 착 달라붙어 해코지해."

"나도 그런 내용을 제작한 리얼 스토리를 본 것 같아. 이 사장, 정수 장인도 이성 장군 출신으로 국회 의원까지 했는데, 아마 죄 많이 지었을 거야."

"그래, 인간의 마음속에 선악의 양면성이 들어 있다고 다들 말하잖아."

성우가 한마디하며 기철과 대화를 끝맺었다. 그리고 그는 부모가 선한 마음으로 바르게 살아야 자식들이 행복하게 잘산다는 말을 부언하고 집으로 돌아갔다.

기철과 대화를 나눈 지 보름이 지났다. 정수의 가정은 하루도 편안한 날이 없었고, 그의 장인은 외손자의 뒤치다꺼리를 하기 위해 파출소와 경찰서에 드나들었다.

하루하루 날이 갈수록 성질이 더 괴팍해진 정태는 집에서 나와, 허름한 기와집에서 조부모와 함께 살았다.

그날 이후 한 달에 한 번도 시가에 가지 않던 복녀가 매일 드나들었다. 그러나 정태는 작은방 문고리를 안에서 잠그고 열어 주지 않았다.

다리가 아픈 것도 제대로 치료해 주지 못한 일도 목발을 짚고 다니게 한 것도 다 못난 엄마의 죄라며, 복녀는 작은방 앞마루에서 대성통곡을 했다. 그리고 엄마가 미워도 학교에는 다녀야 하지 않겠느냐며, 그녀는 아들에게 자기의 죄를 용서해 달라고 빌었다.

"네, 이놈! 엄마가 울면서 통곡하는데 방문을 안 열어! 할멈, 광에 가서 망치 가져와! 작은방 문을 부숴 버리게!"

정태 할아버지가 방문 앞에서 고래고래 호통을 치자 안에서 문고리를 끄르는 소리가 달그락 났다. 그때였다. 할아버지 옆에 서 있던 할머니가 잽싸게 방으로 들어갔다. 그리고 정태가 절뚝거리며 마루로 나와 무릎을 꿇고 앉아 할아버지와 어머니에게 잘못했다고 빌었다.

다음 날 정태는 하굣길에 어머니와 할아버지 집으로 갔다. 그리고 그는 토요일에는 두 여동생과 할아버지 집으로 갔다.

복녀는 자식들이 오순도순 얘기하며 공부하는 동안 집안 청소와 시부모의 옷을 세탁했고, 시부모가 자나 깨나 근심하던 정수의 대학 시절에 낸 빚도 갚아 주었다.

얼마 만인가! 섬섬옥수에 구정물을 한 방울도 묻히지 않던 권세가의 복녀가 할 일을 했을 뿐, 정수의 가정은 정태가 아프기 전처럼 평안해졌다. 그러나 그녀는 시름시름 신병을 더 심하게 앓았다.

성우는 세월을 아니 나이를 잊고 살았다. 이른 새벽에 일어나 변방에서 건축 일을 하고 캄캄한 밤에 집으로 돌아갔다. 그는 하루하루가 고달팠다. 그러나 초등학교에 다니던 남매가 중학교에 다녔고, 그는 자기보다 키가 큰 아이들을 보며 삶에 박차를 가했다.

어느덧 3년이 지나갔다. 건축 한 동을 청부 맡아 일을 끝낸 성우는 집으로 돌아가 샤워를 하고 저녁을 먹었다. 그리고 그는 응접실 소파에 아내와 마주 앉아 커피를 마시며 말을 꺼냈다.

"여보, 우리도 아들딸 앞으로 아파트 한 채씩 사 주고, 새로 지은 아파트로 이사 가자."

"아니 여보, 지금 우리가 사는 집이 뭐 어때서요? 마당도 있고 꽃밭도 있고 개도 한 마리 키우잖아요. 그리고 우리 가족 모두 건강하잖아요?"

"다른 사람들은 은행에 돈을 예금해 놓아도 이자가 몇 푼 안 되고, 농경지나 건물을 사거나 주식 등에 투자도 하잖아?"

"여보, 아이들에게 정직한 사람이 되라고 말하면서 우리가 법을 어기면 되겠어요? 우리는 불법을 일삼는 투기꾼이 아니에요. 은행에 돈을 예금해 놓은 것은, 우리가 어려울 때를 생각해 마련해 둔 거예요. 그러니 우리는 물질 만능주의에 오염된 세상 물결에 휩쓸려 둥둥 떠내려가는 인간쓰레기가 아닌, 맑고 깨끗한 물에서 자유로이 헤엄치며 행복한 삶을 살고 있잖아요?"

그날 밤 성우는 잠자리에 들어 아내의 말뜻을 곱씹으며 먼 친척 할머니의 얼굴을 떠올렸다.

어느 날 저녁 친척 할머니가 근심 어린 얼굴로 성우를 찾아와, 재개발 사업 구역으로 지정되었다는 통지서를 보여 주었다.

성우는 한옥이 다닥다닥 붙은 할머니가 살고 있는 주택가를 머릿속에 그려 보았다. 그러니까 50년 전이다. 할머니는 아담한 한옥 기와집 단칸방에 신혼살림을 꾸렸고, 10여 년 동안 부부가 열심히 일해 세 들어 살던 집을 샀다. 그리고 그 집에서 아들딸 5남매를 낳아 키웠다. 그때 할머니의 나이는 78세였다. 자식들을 모두 출가시키고 10년 전에 할아버지도 하늘나라로 갔다. 동네 친구들과 화투도 치고 맛있는 음식도 사 먹고, 자녀들이 가끔 할머니 집에 다녀가기도 했다. 할머니는 자식들이 같이 살자고 해도 추억이 깃든 집에서 지난날을 그리워하며 살고 있었다. 그러던 중에 뜻밖의 재개발 사업 통지서를 받은 것이다. 하긴 부산 시내 재개발 구역이 한두 곳이 아니다. 몇 십 년을 더 살 수 있는 집을 헐어버리는가 하면, 거송 등을 베어 버린 터에 아파트가 우후죽순처럼 들어서고 있었다.

할머니가 성우 집에 다녀간 지 6개월쯤 되었을까? 그는 할머니가 입원해 있다는 말을 듣고 병문안을 갔다. 그녀가 공시 지가로 받은 돈으로 자그마한 집은커녕, 전셋집도 한 채 얻을 수 없어 셋방살이를 했고, 달세를 벌기 위해 박스 등을 주우러 다니다가 내리막길에서 넘어져 허리를 다쳤다고 말했다.

하루아침에 추억이 깃든 멀쩡한 집을 빼앗기고 길거리로 내쫓긴, 불법을 일삼는 투기꾼들의 희생양이 된 할머니.

'쳇! 누구를 위한 재개발인가? 한평생 땀을 흘리며 열심히 살아온 노인들을 위해서? 아니면 아파트 실입주자가 아닌, 여러 채를 가난한 서민들에게 세놓는 투기꾼들과 건설 회사 돈벌이를 위해서? 그것도 아니면 솔선수범해 국민들에게 모범을 보여야 할, 정치인들과 공직자들의

재산 축적을 위해서?'

성우는 물질 만능주의에 오염된 물결에 쓰레기처럼 떠내려가는, 불법을 일삼는 투기꾼들의 허울 좋은 추악한 얼굴을 지우며 한숨을 쉬었다.

다음 날 오전, 성우가 박 목수를 만나려고 1톤 트럭을 몰고 약국 앞을 지나갈 때였다. 그런데 약국 문은 닫혀 있었고, 부음(訃音)이란 글이 출입문 유리창에 붙어 있었다.

그는 트럭을 멈추고 기철에게 전화를 걸어, 누가 죽었느냐고 물어보았다.

"신병으로 시름시름 앓던 복녀가 어젯밤에 죽었어."

"뭐, 자네 지금 어디에 있어?"

"나 지금 병원에 있어. 자네한테 연락하려던 참이야."

"어느 병원이야? 나하고 같이 일하는 사람 잠시 만나고 갈게."

"천국 병원이야, 빨리 와."

성우는 옛날에 임금을 떼어먹고 도망간 박 목수를 만나 신축할 건물에 대해 몇 마디 당부했다. 그리고 집으로 돌아가 검은 양복을 입고 병원으로 갔다. 그곳엔 조문객이 가득했고, 하얀 국화꽃 화환 맨 앞에 대통령 기(旗)도 세워져 있었다.

"의사가 사인이 뭐라든?"

성우가 조문하고 기철과 분향소에 앉아 정수에게 물었다.

"의사도 사인을 모른대."

"뭐, 의사가 모르면 누가 알아?"

"내가 정태 엄마 병을 치료하려고 서울 큰 병원에도 가 보았지만 병

명을 모른대."

"허~ 그것참, 7년 아니 8년 전인가, 아내가 신내림을 받아야 병이 낫는다고 정수 자네가 말했잖아?"

성우가 기억을 더듬으며 물었다.

"그래, 그때 나도 죽은 사람 원도 풀어주는데 굿을 한 번 할까 생각했어. 그러나 장인이 한마디로 거절했어."

"자식들 성장을 보며 한창 살 나인데……"

성우가 애석해하는 마음으로 영정 사진을 보며 말끝을 흐렸다. 그런데 사진 밑에 고인의 이름이 틀리게 적혀 있었다.

"이 사람아, 자네 처 이름이 복녀인데 왜 복순이라 적혀 있어, 호적의 이름이야?"

"아니야, 장인도 나도 정신이 없어 그대로 두었어."

"그래."

성우는 정수의 말에 신경을 쓰지 않았다.

약 한 달이 지난 어느 날 저녁이었다. 그가 운전하는 트럭이 집 앞에 닿자 개가 멍멍 짖었고, 기철도 대문 앞에 서서 기다리고 있었다.

"일하고 이제 오나?"

"응, 집에 들어가서 기다리지 왜 대문 앞에 서 있어?"

"말 몇 마디 전하고 갈려고."

"그럼 전화로 말하지?"

"자네 얼굴도 보고 직접 전하려고."

그들이 대화를 나눌 때 성우의 아들딸과 아내가 대문 밖으로 나와 인사를 했다.

"내 친구와 이야기 몇 마디하고 들어갈게, 다 집에 들어가."

성우의 가족이 집 안으로 들어가자 개도 짖지 않았다.

"무슨 이야기야, 어서 말해."

"내일 정수가 한턱낸다고 해운대 H호텔 로비로 11시까지 자네와 같이 오라네."

"요즈음 일이 바빠 내일 거기 갈 시간 없어."

"나도 안 가려고 했는데 자네와 꼭 참석해서 자기의 앞날을 축하해 달라고 말했어. 그리고 자네에게 나무랄 일이 있으면 다음 날에 하고, 내일만은 아무 말도 하지 말아 달라고 신신부탁했어."

"그래? 무슨 일로 그러는지 자네는 알아?"

"나도 몰라, 내일 가보면 알겠지."

"허, 그것참! 자기의 앞날을 축하해 달라고 하고, 내일은 아무 말도 하지 말라니? 친구는 영혼을 같이 해야 하는데…….."

"그래, 우린 어릴 때부터 친한 친군데 영원히 같이 해야지."

성우가 혼잣말로 중얼거리며 말끝을 흐리자 기철이 말꼬리를 이었다.

"이 사람아, 내 말은 영원이 아니고 영혼이야. 우리가 오래 살기보다 어떻게 사느냐가 더 중요하잖아? 친구라면 서로가 올바르게 살 수 있도록 도와주어야 해. 극영화처럼 친구가 나쁜 짓을 하고 살아도 의리 아니, 그걸 냉정히 따져 보면 의리가 아니고 배신이야. 친구의 나쁜 짓을 방관하면 깊은 죄악의 구렁텅이에 빠트리는 짓이야."

"맞는 말이야, 정수가 자네를 버거워하는 이유를 알겠어. 하긴 자네는 어릴 때부터 우리들 셋 중에 제일 힘도 세고 바른말만 하는 대장이었잖아?"

"자네, 그걸 이제야 알았어?"

성우가 빙긋이 웃는 얼굴로 물었다.

다음 날 아침 성우는 전화로 박 목수에게 오늘 할 일을 이야기했다. 그리고 그는 양복을 입고 11시 10분 전에 해운대 H호텔 로비로 갔다. 그곳은 무궁화 다섯 개인 최고급 관광호텔이었고 성우는 호텔 로비의 푹신한 소파에 앉았다. 그리고 예식장 입구에 세워진 화환 옆의 이름을 보는 순간 그는 자신도 모르게 벌떡 일어섰다. 그때였다. 기철이 앞에 나타나서 "왔어?"라고 한마디 했다.

"오늘 정수 결혼하는 날이야?"

"응, 나도 오늘 아침에 정수 전화를 받고 알았어."

성우의 물음에 기철이 대답했다.

"그런데 신부 이름이 왜 추복녀야?"

"나도 몰라."

"뭐, 자네도 몰라?"

"성우야, 우리 오늘은 정수의 부탁대로 아무 말도 하지 말자. 나도 아침에 전화를 받고 혼삿날에 신랑 기분이 상할까 봐 한마디도 안 물어봤어."

예식이 시작되자 하얀 웨딩드레스를 입고 면사포를 쓴 신부와 연미복을 입은 신랑이 팔을 끼고 입장했다. 예식은 정해진 격식에 따라 진행되었으나 축하객은 양가의 부모와 신랑과 신부의 친구뿐이었다. 그리고 뷔페에는 한우 갈비찜과 갓 뜬 회 등 각종 맛깔스러운 음식이 푸짐하게 차려져 있었다.

"성우야, 맛있는 음식 많이 있던데 좀 갖다 먹어."

"아침에 먹은 음식이 소화되지 않아 속이 답답해서 그래."

성우가 생수병에 물만 컵에 따라 마시자 연미복 차림의 정수가 가까이 다가가 음식을 권했다.

"내가 자네 마음을 모르나? 내일 저녁에 우리 단골 술집에서 내가 자초지종을 이야기할 테니 우리 허심탄회한 심정으로 대화를 나누자."

"그래, 알았어. 나한테 신경 쓰지 말고 다른 사람들한테 인사하러 가."

성우는 배가 고팠으나 매 순간 수련하는 마음이 흐트러질까 봐 음식을 거들떠보지도 않았고, 생수로 허기를 면하며 집으로 돌아가 점심을 먹었다. 그리고 그는 아내와 마주 앉아 차를 마시며 이런저런 대화를 나누었다.

"여보, 끼니때가 되면 먹고 싶은 음식 사 잡수세요."

"난 당신이 해 주는 음식이 사 먹는 음식보다 더 맛있어. 그건 그렇고 당신, 우리 효욱이와 효숙이에게 너무 엄하지 않아?"

"참 당신도, 애들이 공부를 잘하는 것도 좋지만 가정에서 인성 교육을 잘 가르쳐야 해요. 얼마 전에 모 대학교수가 무식해서 부모를 살해했겠어요? 억만금도 아닌 얼마 되지 않는 재산을 빼앗으려고 천륜을 끊었잖아요?"

"허 참, 기가 막혀! 지식인이라는 놈이 부모를 살해하고, 노부모를 길거리에 내다 버리다니 세상이 말세야 말세!"

"당신 말이 맞아요. 그래서 난 당신과 아이들이 만든 꽃밭에 예쁘게 피어나는 꽃을 가꾸듯, 아이들을 어릴 때부터 가정 교육을 제대로 가르쳤어요. 어머니 방에 TV가 한 대 있지만 애들은 어린이 프로만 볼 수 있으며, 무슨 음식이든 할머니께 먼저 잡수시게 해야 한다는 등의 예의

범절이 자연스럽게 몸에 배게 교육했어요."

"그래, 사람에겐 재산이나 지식보다 됨됨이가 중요해."

그날 밤 성우는 잠자리에 들어 대중문화를 생각해 보았다.

요즈음 대중 매체는 채널만 엄청 많지, 공영인지 민영인지 프로그램 제목도 내용도 시답잖다. 솔직히 말해 전기료와 시청료가 아까울 정도이다. 지나간 6, 70년대처럼 지금은 헐벗고 굶주리는 사람들이 그리 많지 않다. 그런데 평범하지만 귀감이 되는 프로그램은 몇 편 안 되고 먹고 입고 마시는 등의 광고가 대중들을 부추긴다.

"방송국에 돈이 얼마나 많으면 물 쓰듯 펑펑 쓸까!"

성우는 혼잣말로 한마디 중얼거리며, 몇 달 전에 여러 명이 시시덕거리며 출연하는 예능 프로그램 서너 편을 떠올렸다.

세계 곳곳을 관광시켜 주면서 고급 요리를 배불리 먹이고 호텔에 잠재우고 출연료까지! 그리고 한물간 스타들의 어미들이 허접스런 주제로 시시덕거리는 꼴불견과 15세 정도 된 남자애가 전속으로 출연해 대중가요를 부른다. 그때마다 성우는 한마디 하며 혀를 쯧쯧 찼다.

"허 참, 기가 막혀! 요즈음 대중가요의 노랫말은 거의 사랑과 이별 그리움뿐인데, 머리에 피도 안 마른 애가 자신에게 유해(有害)한 가사 내용인 줄도 모르고 신나게 노래를 부를까!"

핫팬츠에 반쯤 드러낸 젖가슴과 완전히 드러낸 배꼽과 등짝.

남녀 가수들 중에 몇몇 여가수의 차림새는, 남자들을 유혹하는 창녀촌에 매춘부들처럼 속루(俗陋)했다.

"사춘기에 감수성이 예민할 땐데, 저 아이의 앞날을 망치지나 않을까!"

그는 눈살을 찌푸리며 남녀 가수들 틈에서 사춘기에 아이가 난잡한 몸짓으로 춤추는 모습을 보며 혼잣말로 한마디 했다.

다음 날 성우는 하루의 일을 끝내고 집으로 돌아갔다. 그리고 기철의 전화를 받고 단골 술집으로 갔다.

"오늘 일하고 왔어?"

"기철이 자네 어제 잘 먹어서 그런지 얼굴에 기름기가 자르르 흐르네."

정수의 인사말에 성우는 그의 얼굴을 보며 한마디 했다.

"그런 말 하지 말고 자네도 배불리 좀 먹지?"

"어제 난 속이 안 좋아 자네 많이 먹으라고 안 먹었어."

"자~ 우리 농담 그만하고 내 술 한 잔 받아."

"아니야, 오늘은 정수가 술 따라."

기철이 술병을 들고 권하자 성우가 말했다.

그들은 술잔을 가볍게 부딪친 뒤 단숨에 들이켰다. 그리고 술이 몇 순배 돌자 성우는 얼근하게 취기가 올랐다.

"정수야, 도대체 어떻게 된 일이야?"

"어제 자네들 화환 옆에 내 처 이름을 보고 놀랐을 거야. 실은 어제 내 처제와 결혼식을 올렸어."

기철의 물음에 정수가 대답했다.

"뭐, 처…… 처제라고?"

"나도 그리할 생각이 없었지만 처부모의 뜻을 따르지 않을 수가 없었어."

"그런데 예식장에 신부의 이름이 왜 추복녀야?"

"장인이 작은딸을 사망 신고했다고 말했어."

성우는 그들의 말을 듣고만 있었다.

"그러니까 죽은 큰딸은 살아 있고, 살아 있는 작은딸이 죽었다고 사망 신고했다 이 말이야?"

"………"

기철의 물음에 정수는 대답하지 않았다.

"왜 말이 없어? 처녀인 자네 처제가 언니 이름으로 결혼했으니, 자네는 사자(死者)와 재혼했네?"

"………"

정수가 또 대답을 하지 않자 기철이 부언했다.

"옛날에 아니 지금도 중국 어느 첩첩산골에 두 형제가 한 여자와 산다는 말은 들었지만, 난 자네가 짐승처럼 살 줄 꿈에도 생각하지 못했네."

"난 처부모가 시키는 대로 했을 뿐이야. 자네들도 한번 생각해 봐, 큰아들 정태가 신체 불구잔데 어느 여자가 나에게 시집 와 자기가 낳은 자식처럼 키워주겠어?"

기철의 말에 정수가 변명했다.

"자네 말은 그럴듯하지만 내 생각은 자네 장인처럼 자네도 위선자야."

"뭐, 내가 위선자라고?"

성우의 말을 정수가 되받았다.

"그래, 내가 자네라면 자네 처부모의 설득을 완강히 거절했을 거야. 자네는 권력자의 사위이고 나는 교육자의 사위야. 권력자는 자신의 이

익을 위해 수단과 방법을 가리지 않지만, 교육자는 자신보다 남을 생각하며 조금도 거짓이 없이 살아."

"이 사람이, 권력자도 어려운 사람들을 도우며 사는 사람들이 많아."

"그래? 자네 결혼하기 전에 처갓집에 데릴사위로 들어갔다며?"

"누가 그런 소릴 하든?"

"누가 그런 소릴 하긴, 낮말은 새가 듣고 밤말은 쥐가 듣는다는 말도 몰라? 외아들인 자네가 처갓집에 데릴사위로 들어갔을 때, 누가 자네 부모의 마음을 갈기갈기 찢어 놓았지?"

"........"

"정수 자네, 열세 살이나 어린 처제와 사니 좋지?"

성우의 물음에 정수가 대답하지 않자, 기철은 웃는 얼굴로 빈정거리듯이 물었다.

"........"

"왜 또 대답을 안 해?"

기철이 또 한마디 했으나 정수는 꿀 먹은 벙어리가 된 듯 아무 말이 없었다.

6. 어느 죄인의 간증 수기

세상 사람들은 무엇을 추구하며 사는가?

권력과 재산, 명예 등…….

머리가 희끗희끗 센 갱년기의 성우는 흥미 위주의 통속적인 픽션보다 삶에 귀감이 되는 논픽션을 즐겨 읽었다.

어느 날 성우 내외가 저녁 예배를 마치고 교회를 나설 때였다. 목사가 어느 성도가 쓴 간증 수기라며 책 한 권을 성우에게 주며 읽어 보라고 말했다.

집으로 돌아온 그는 책상에 앉아 앞표지를 넘겼다. 그리고 그는 어느 죄인이 쓴 간증 수기를 읽기 시작했다.

1972년 봄, 필자가 제대한 날 밤이었다. 그는 세 명의 친구들과 거나하게 취해 어깨동무를 하고 노래를 부르며 포장마차가 즐비하게 늘어선 길을 막 벗어났을 때였다. 그들의 앞에 복부에 피가 흥건한 한 사내가 쓰러졌고, 필자의 일행이 피를 흘리는 사내를 병원으로 데리고 가려는 순간 여러 명의 깡패들이 우르르 몰려왔다.

쇠파이프와 야구 방망이 등을 든 패거리. 깡패들은 다짜고짜로 그들에게 흉기를 휘두르며 공격을 가했고, 필자는 곁눈질을 해가며 방어와 동시에 반격을 가했다. 그는 군대에 입대하기 전에 이미 무술 유단자였고, 특수 부대에서 2년 동안 종합 무술을 익힌 고단자였다. 필자가 깡패를 다 쓰러뜨리고 다친 사내를 병원에 데려다 준 일로, 그는 뜻하지 않게 그 사건에 휘말려 조직폭력배의 2인자가 되었다. 어느 날 깡패들끼리 패싸움이 붙었다. 그 사건에 연루된 그는 교도소에서 2년의 징역을 살고 나와 조직을 탈퇴한다며 깡패 소굴에서 걸어 나왔다. 그 순간 두목의 오른팔이 배신자라며 잭나이프로 필자의 왼쪽 허벅지를 찔렀다. 그러나 그는 방어도 발걸음도 멈추지 않았고 발자국 대신 핏자국을 남기며 그곳을 벗어났다. 그리고 그는 결혼을 하고 가정을 꾸렸으나, 신원 증명서에 결격 사유로 취직을 할 수 없었다.

성우는 책을 읽다가 잠시 자신의 지난날을 떠올렸다.

중학교를 중퇴한 그는 동네 친구들과 어울려 놀다가 싸움을 했다. 그런데 쌍방 폭행이었으나 친구는 나가고 성우만 유치장에 들어갔다. 그리고 그는 기소 유예로 풀려났다. 그날 이후 그의 신원 증명서에 폭력이란 꼬리표가 붙었다.

성우는 담배 한 개비에 불을 붙여 피운 뒤 다시 신앙 간증을 읽기 시작했다.

필자는 극심한 생활고에 시달리며 일자리를 찾아다녔다. 어느 날 길거리에서 우연히 빵깐에서 친하게 지냈던 절도가 전문인 한영길을 만났다. 그들은 서로 신세타령을 하다가 범죄를 계획했고, 필자는 공범이 가르쳐주는 대로 이틀 동안 두 번 남의 물건을 훔쳤다. 그리고 필자는 장물을 판 돈을 보고 좋아했으나, 피해자의 저주가 담겨 있음을 깨달은 그는 쌀 한 되도 사 먹지 못하고 유흥비로 다 탕진했다. 그리고 그들은 두 번째 훔친 장물을 팔려다가 구속되었고, 합의1부 양증평 재판장 앞에 필자와 공범 영길, 장물아비가 나란히 섰다.

"피고인 한영길, 앞전 범죄와 동종 범죄이고 지금 누범 기간 중이지? 그때도 장물아비와 공범이었지?"

검사가 일어서서 영길에게 물었고, 필자는 주범이 밝혀지는 줄 알았다. 그런데 재판장과 공범들 간에 모종의 거래가 있었는지 양증평(판사 퇴직 후 서울 모 교회 장로)은 필자에게 징역 4년과 보호감호 7년을, 영길에겐 징역 2년과 보호 감호 7년을, 장물아비에겐 벌금을 선고했다. 그리고 판사 출신 변호사 조상내(노무현 정부 때 국회 의원)는 보호 감호도 기각시켜 주고 징역도 깎아 주겠다는 조건으로, 필자의 가족에게 사례금을 요구해 전세 보증금까지 갈취했다. 이에 필자의 소견은 재판이 아니라 개판이었고, 재판장은 허가 낸 도둑놈이고 변호사는 날사기꾼이었다.

성우는 신앙 간증을 읽다가 또 담뱃갑에서 한 개비를 빼내 물고 불을 붙였다. 그리고 그는 허공에 담배 연기를 길게 내뿜으며 법원 앞에 양팔 저울을 떠올렸다.

화성 8차 살인 사건과 낙동강변 2인조 살인 사건은, 서민들이 억울하게 누명을 쓰고 21년간 징역살이를 했으나, 온갖 범죄를 저지른 정치꾼과 재벌들은 몇십 년의 중형을 선고받았으나 형 확정 서류에 잉크가 마르기도 전에 사면되었다.

'우리나라는 모든 사람들에게 법이 공평하지 않는, 범죄자들의 지상 낙원이 아닐까!'

성우는 이런저런 생각을 하며 담배 한 개비를 다 피운 뒤 신앙 간증을 또 읽기 시작했다.

필자는 1984년 2월에 대구 교도소에서 형이 확정되었고, 그는 동향 선배 감방 동료의 손에 이끌려 기독교 집회에 나갔다.

"자~ 형제자매 여러분! 날씨가 춥다고 몸을 웅크리지 마시고 저를 따라 해 보세요!"

젊고 발랄한 미모의 여성이 단상 위에서 율동하며 노래를 가르치자, 머리를 박박 깎은 산적 같은 재소자들이 노래를 따라 부르며 즐거워했다. 잠시 흥겹던 시간이 지나가고 얼굴이 일그러진 목사가 강대상 앞에 서서 설교를 시작했다.

"세상 만물의 창조주 하나님께서 이 땅에 죄인들을 구원하시려고 우리들에게 오셨습니다. 그러므로 누구든지 예수님을 믿으면 우리의 죄를 사하여 주시고 구원해 주십니다. 사랑하는 성도 여러분! 누구든지 구원을 받으려면 하나님께 지난날 자기의 잘못을 낱낱이 고백하고 회개하십시오!"

목사가 목에 핏대를 세워 설교를 끝마친 뒤 가족과 특별 찬송 '그 크신 하나님의 사랑'을 불렀다.

아내와 딸 둘, 아들 한 명. 필자의 눈에 그들의 밝은 모습은 하나님의 축복과 구원을 받은 행복한 가족처럼 보였다.

"야, 만약에 이 목사님이 하나님을 믿지 않았다면 구원을 받았을까?"

필자 옆에 앉은 동향 선배가 나직한 목소리로 물었다.

"글쎄요, 나는 기독교 교리를 잘 몰라서……."

"내 생각인데, 나병도 치료하지 못하고 다복한 가정도 이룰 수 없었을 거야. 아마 지금쯤 마음도 몸도 만신창이가 되어 비틀어진 채, 격리

수용되어 비참한 삶을 살고 있을지도 모르는 일 아냐?"

"글쎄요……."

"야, 이 목사님이야말로 구세사의 산증인이야."

이 목사는 일주일 만에 다시 나타났고, 설교를 끝마친 그는 모두 머리를 숙이고 눈을 감고 예수를 진심으로 믿겠다는 사람은 조용히 손을 들라고 말했다.

"예~, 예, 예수님께서는 지금 애타게 여러분을 기다리고 계십니다! 예~, 예, 그럼 손을 그대로 들고 계십시오! 내가 축복 기도를 해 드리겠습니다."

이 목사가 축복 기도를 시작하자 필자도 손을 들고 싶었다. 그도 죄인이었고 예수를 믿어 죄사함과 구원 축복도 받고 싶었다. 그러나 그는 손을 들 수가 없었다.

'예수님, 예수님의 말씀을 믿지만 손을 들지 못하는 이 죄인을 불쌍히 여겨 주시옵소서.'

필자도 머리를 숙이고 눈을 감은 채 마음속으로 기도하기 시작했다.

'예수님, 저의 어머니께서 일구월심으로 부처님께 이 못난 불효자식이 잘되기를 기도하고 계십니다. 예수님, 어머니의 기도 덕분인지 이제 제가 바르게 살려고 노력하고 있습니다. 예수님, 예수님을 믿지 않아 제가 벌을 받는다 해도 어머니의 곁을 떠날 수 없으며, 저는 이미 부처님께 귀의해 5계를 받은 불자입니다. 하나님, 이 죄인을 불쌍히 여겨 주시고…….'

필자는 간절한 마음으로 기도하며 예배를 끝마친 뒤 감방으로 돌아갔다. 그리고 그는 눈을 감고 꿇어앉아 마음속으로 울 엄마 노래를 불렀다.

필자가 어머니 생각이 나거나 술기운이 얼큰하면 눈물을 글썽이며 목멘 소리로 부르는 노래이다. 그날도 그는 흐느끼듯 노래를 부른 뒤 한숨을 쉬며 동료들 모르게 소맷자락으로 눈물을 훔쳤다. 그리고 그가 취침 때까지 책을 읽다가 동료들의 코 고는 소리를 들으며 잠을 청할 때, 눈앞이 갑자기 칠흑 같은 암흑천지로 변했다. 그 순간 그는 하나님을 다급하게 불렀고, 두 손을 깍지 끼며 온몸을 바짝 새우처럼 웅크렸다.

"하나님! 하나님! 하나······."

필자가 초를 다투듯 하나님을 간절한 마음으로 부르는 순간, 침암한 어둠 속에서 깨알보다 더 작은 빛이 반짝반짝 헤아릴 수도 없이 생겨났다. 그리고 빛이 순식간에 커지면서 크고 작은 두 개의 십자가로 변했고, 수많은 빛의 십자가가 한 줄로 그의 가슴속으로 들어갔다. 그 순간 필자는 안도의 한숨을 내쉬었고, 눈을 떠보니 두 손을 깍지 낀 채 온몸을 새우처럼 웅크리고 담요를 머리끝까지 뒤집어쓰고 있었다. 그는 불교 신자였으나 갑작스러운 순간에 다급하게 하나님을 불렀다.

성우는 간증 수기를 읽으며 '누구든지 주의 이름을 부르는 자는 구원을 받으리라'(행2:21. 롬10:13)란 성경 구절을 떠올렸다.

그날 이후 필자는 한 달 동안 순화 교육을 받았고, 피골이 상접한 모습으로 책걸상을 만드는 공장에 출역되었다. 그런데 그곳의 일은 중노동이었고 밤 10시까지 잔업도 해야 했다.

약 한 달이 지나갔다. 필자는 하루하루의 고달픔보다 앞일이 더 암담했다. 그래서 그는 꽃다운 청춘이 시들기 전에 아내의 행복을 빌어 주고 싶었다.

사랑하는 아내에게

그동안 어머님께서는 몸 편히 잘 계시……

여보, 당신은 나에게 속아서 시집와 이날까지 고생만 하고 있으니 나도 할 말이 없소. 그러니 긴긴 세월 동안 나를 기다리지 말고 행복을 찾아가시오. 그 일이 나와 당신을 위한 일이며……

필자는 하루의 일을 마치고, 구구한 사연을 적은 봉함엽서를 본무 담당 책상 위에 놓고 감방으로 들어갔다. 그리고 그가 눈을 감고 하나님께 아내가 행복하기를 간절한 마음으로 기도하고 있을 때였다.

"133번이 누굽니까?"

"전데요."

창문 밖에서 야간 근무 담당이 감방 안을 들여다보며 묻자, 필자가 눈을 스르르 뜨며 앉은 채 대답했다.

"조금 전에 머리 아프다고 약 달라고 말했습니까?"

"아, 안 했는데요."

"그래요. 내가 번호를 잘못 들었나?"

야간 근무 담당이 한마디 하며 고개를 갸우뚱하고 돌아갔으나, 그는 5분 간격으로 감방 앞을 왔다 갔다 했다. 그리고 취침 후 필자가 잠들 때까지 감방 앞을 서성거렸다.

다음 날 오전 작업이 끝나갈 때 공장 본무 담당이 필자를 불렀다.

"자네 신변에 무슨 일이 있는가?"

"어, 없습니다."

"그래, 어제 내가 자네가 쓴 엽서를 읽고 보안과에 자네 신변을 의

뢰했네."

'그래서 야간 근무 담당이…….'

"괜찮아. 무슨 일이 있으면 숨기지 말고 말해 보게. 내가 자네 담당 교도관 아닌가?"

"사실 제 처는 속아서 저에게 시집와 가난한 가정에서 온갖 고생 다하며 살고 있습니다. 그래서 늦기 전에 좋은 사람 만나 행복하게 잘 살라는 글을 썼습니다."

"자네 마음은 이해하겠네. 하지만 앞으로 그런 내용의 엽서는 보내지 말게."

"담당님, 저도 솔직히 아내가 출감할 때까지 기다려 주었으면 좋겠습니다. 하지만 어찌 아내의 희생을 바라며 고생이 되더라도 기다려 달라고 말할 수 있겠습니까?"

"자네를 나무라지는 않겠네. 하지만 자네 말대로 온갖 고생 다하며 기다리는 처를 생각한다면, 자네 그런 글을 써서 처에게 보내면 안 되네. 그리고 자네 처의 간절한 편지 내용처럼 자넨 꼭 새사람이 되어야 하네."

본무 담당은 당부의 말을 하며 책상 서랍에서 작은 빈 병 하나를 꺼냈다. 그리고 필자에게 무슨 병이냐고 물었다.

"글쎄요. 아무것도 안 들어 있으니 빈 병입니다."

"자네 말이 맞네. 그럼 병 안에 술이……."

그는 유치원생을 가르치듯 병 안에 무엇이 담겨 있느냐에 의해 이름이 달리 불린다며, 필자에게 새사람이 되라고 또 당부했다.

"자~ 이거 받게."

"이게 뭔데요?"

그가 유니폼 상의 주머니에서 하얀 사각봉투를 하나 꺼내 내밀며 한마디 하자, 필자는 경이의 눈빛으로 받으며 물었다.

그는 대답 대신 싱긋이 웃었고, 필자는 봉투 속에 든 2급 이상 모범수들만 소지할 수 있는 가족사진을 가슴에 안았다.

"다, 담당님 감사합니다! 정말 감사합니다!"

행형 급수 4급인 필자가 아들과 아내의 웃는 얼굴을 보며 연거푸 고개를 굽실거리며 인사말을 했다. 그러나 그는 인사말이나 들으려고 동료 직원에게 아쉬운 소리를 하며 그의 가족사진을 찾아온 게 아니라, 그가 수형 생활을 하는 동안 어떤 사람이 되어야 하는가를 깨닫게 해주고 싶어서 찾아왔다고 말했다. 그리고 필자가 봉함엽서를 부친 지 일주일이 되는 날이었다.

"여보, 그동안 몸 건강히 잘 있었어요?"

"응, 어머님도 몸 편히 잘 계시고 동생들도 몸 건강히 잘 있소?"

필자의 아내가 아들을 업고 웃는 얼굴로 접견실에 들어서며 인사말을 하였으나, 그는 멍한 눈으로 아내의 얼굴을 보며 가족들의 안부를 물었다.

"네, 어머님을 비롯해 가족들 모두 몸 건강히 잘 계시고, 집에도 별고 없어요."

'얼마나 삶의 굴곡이 심했으면 눈물이 아닌 웃음을…….'

필자가 생활에 찌든 아내의 모습을 보며 한숨을 쉴 때였다.

"여보, 당신이 중형을 선고받았다고 좌절하거나 삶을 포기해서는 안 돼요. 이곳은 혼탁한 우리 사회를 정화하는 곳이잖아요? 그러니 당신도 이곳에서 새사람이 되어야 해요."

"······."

필자는 대답 대신 멍한 눈의 눈시울을 적셨다.

"여보, 당신이 있는 곳이 어떤 곳일지라도 삶의 아름다운 꽃을, 건실한 열매를 맺어야 해요. 그래야 우리에게 내일의 행복을 안겨줄 수 있잖아요? 그러니 여보, 내일을 위해 힘을 내세요. 비록 작은 힘이나마 나도 당신을 열심히 돕겠어요."

"흐흐흑······."

"여보, 진정하세요. 우리 아들이 당신을 보고 있어요."

필자가 두 손바닥으로 얼굴을 가리고 흐느끼는 순간 그녀는 업고 있던 아기를 앞에 앉혔고, 그는 방긋방긋 웃는 아들을 보며 복받쳐 오르는 감정을 억제했다.

"아부~ 아부~ 아······."

"오~ 오냐, 귀여운 우리 아들 건강하게 무럭무럭 잘 자라거라."

아기가 두 손으로 앞을 가로막고 있는 투명 플라스틱판을 두드리며 옹알거리자, 그는 눈물을 감추며 말을 받았다. 그때 벨소리가 길게 울렸다. 필자는 발걸음이 떨어지지 않았으나 아내의 말을 가슴에 새기며 공장으로 돌아갔다. 그리고 운동 시간에 양지바른 곳에 혼자 앉아, 아내의 말을 곰곰이 되새겨 보았으나 아이러니하게 느껴졌다.

'서녀 성춘향의 러브스토리도 우리 사회에 귀감이 되지만, 이몽룡과 혼인하면 천민의 신분이 면천된다. 그러나 내 아내는 사회에서 버림받은 전과자의 처라고 사람들이 손가락질을 할 텐데, 바보같이 자기희생을 하다니······.'

필자가 하루의 일을 마치고 감방에 들어가 아내의 말을 또 곰곰이 되새길 때였다.

"김 형!"

"왜?"

필자 옆자리에 앉은 조 군이 왼손 엄지손가락에 뜸을 뜨며 그를 불렀다. 그리고 지문을 지운 오른손 엄지손가락을 필자에게 보여주며 만년 초범이라고 좋아했다.

"이 사람아, 더 이상 신세 망치지 말고 정신 좀 차려!"

"예에-?"

"사람과 짐승의 차이점은 우리에서 벗어나야겠다는 사고야."

"그래서 내가 지문을 지우고 있잖아요."

"너 불구자 방에 두 손이 없는 사람 봤지? 내 말은 교도소에 안 들어오려면 지난날의 잘못을 뉘우치고 마음을 고쳐야 돼."

필자가 이런저런 말로 조 군을 타이르고 있을 때였다.

"아야!"

"김 형, 미안합니다. 너무 심취하다 보니……."

고방부가 필자의 새끼발가락을 밟자, 그는 자신도 모르게 비명을 질렀다. 그 순간 그는 머리를 조금 수그리며 사과한 뒤, 허공 여인을 다시 끌어안고 감방 안을 빙빙 돌고 또 돌았다.

"고 군, 좁은 감방 안에서 뭐하는 짓이야?"

"참- 김 형도, 나도 김 형처럼 감호 받기 전에 일찌감치 사업을 바꾸어야지요. 국민교육헌장에 우리의 처지를 약진의 발판으로 삼으라는 말이 있잖습니까?"

방부는 아직 34세이니 앞으로 도둑질하지 않고, 카바레에서 돈 많은 과부나 성에 굶주린 유부녀들과 춤을 추면서 인생을 즐겁게 멋지게 살겠다고 말했다. 그러나 필자는 자네 같은 사람들만 유흥가에 모여든다며, 앞으로 불행해지지 않으려면 정신을 차리라고 그를 꾸짖었다.

그날 이후, 필자는 더 열심히 일했다. 점심시간에 동료들이 휴식을 취해도 그는 리어카에 대팻밥 등을 가득 싣고 쓰레기장으로 향했고, 쓰레기 더미 속에 손바닥만 한 나무토막이 아까워 몇 개 주워 왔다. 그러나 책걸상 부품으로 폭도 좁고 길이도 짧아 쐐기로 다 만들었다.

'그래! 나도 지금은 인간 쓰레기장에 있지만, 우리 사회에 꼭 필요한 새사람이 될 수 있어!'

필자는 쐐기를 박아 단단하게 조립한 책걸상을 어루만지며 아들과 아내의 얼굴을 떠올렸다. 그리고 그는 그곳에서 삶의 아름다움 꽃을, 건실한 열매를 맺기 위해 최고수와 무기수의 사건 이야기를 간청해 귀담아 들으며 지난날의 잘못을 회개했다. 그곳은 필자에게 교도소가 아니라 인생 대학원이었고, 그들의 이야기는 각 권의 인생독본이었다.

* * *

3월은 봄 처녀가 꽃다발을 가슴에 안고 오는 달일까!

대구 교도소에서 청송 교도소로 이감을 간 필자는, 지정된 독방 안에서 자연의 아름다움을 바라보며 맑은 공기를 폐활량껏 들이마셨다. 그리고 공기를 조금씩 내쉬며 들뜬 마음을 진정시키려고 했다. 그러나 필자가 지금까지 드나들었던 교도소와 다른 특수한 교도소라 마음이 안정되지 않았다. 필자는 발꿈치를 들고 사뿐사뿐 시찰구로 다가갔다. 그리고 마음을 졸이며 동그란 눈으로 1층에서 3층 아니 푸른 하늘의 흰 구름을 쳐다보고 있을 때였다. 지하에서 사동 전체를 쩡쩡 진동시키는 비명이 울려 퍼졌다. 그 순간 필자는 인상을 찡그리며 두 손으로 귀를 막았다. 인간이 아닌 한 마리의 짐승이 고통의 끄트머리에서 마지막으로 울부짖는 듯한 처절한 비명이 그의 뇌리를 파고들자, 필자는 몸서리치며 벽을 향해 가부좌를 틀고 앉았다.

"하나님! 지금까지 제가 지은 죄를 진심으로 뉘우치며 회개하오니, 이 죄인을 불쌍히 여겨……."

필자는 한참 동안 간절한 마음으로 기도한 뒤 구원을 확신하며 살며시 눈을 떴다. 그러나 비명만 들리지 않았을 뿐 변한 것이라고는 하나도 없었다. 그래도 그는 혹시나 하며 사방을 살펴보았으나 회색 콘크리트 벽과 쇠창살뿐이었다.

"거짓말! 거짓말! 모두가 다 거짓말이야!"

필자는 마룻바닥에 퍼질러 앉아 성경을 부정하고 또 부정했다.

"이건 말도 안 돼! 내가 이렇게 깊고 깊은 감옥 속에 첩첩이 갇혀 있는데, 무엇으로 어떻게 나를 구원한단 말인가? 도저히 믿을 수 없는 말이야! 도저히!"

필자가 또 부정하며 실의에 찬 눈빛으로 쇠창살을 물끄러미 바라보는 순간, 그의 눈에 녹슨 쇠창살 한 마디 한 마디가 십자가로 보였다.

"아~ 아니, 쇠, 쇠창살이! 옛날에도 십자가는 죄인의 형틀이었고, 지금도 죄인들을 가두는 형틀인데! 그렇다면 예수께서 죄인인 나를 사랑하셔서 구원해 주시려고 구속하셨단 말인가!"

성우는 신앙 간증을 읽으며 '나는 의인을 부르러 온 것이 아니요 죄인을 부르러 왔노라'(막 2:17)란 성경 구절을 또 떠올렸다.

청송 교도소는 필자에게 마치 천국과 같았고, 그는 하나님을 찬양하며 성경을 열심히 읽었다.

어느덧 무진년(1988년) 새해가 밝았다.

청송 감호소로 이감을 간 필자는 회색 구름 사이로 떠오른 아침 해를 바라보며, 하나님께 올해도 건강한 몸과 마음으로 열심히 살게 해 달라고 기도했다. 그리고 그는 노역(奴役)을 하기 위해 감방에서 나와 발을 꽉 죄는 다 떨어진 방한화를 신었다.

바람막이 하나 없는 허허 벌판의 작업장. 함박눈과 찬바람은 감호자들을 고통스럽게 꽁꽁 움츠러들게 했다.

'피~식, 다탁 딱!'

드럼통 뚜껑을 떼어내고 사방에 구멍을 뚫어 만든 이동 난로. 필자는 열이 벌겋게 달아오른 난로 속에서 생나무가 타는 소리를 들으며, 동료들 틈에 앉아 발을 꽉 죄는 방한화를 벗었다. 그리고 그가 불 가까이 발을 내미는 순간 본무 담당이 소리를 질렀다.

"야~ 인마! 발 치워, 냄새 난다!"

"도, 동상이 걸려서요."

"이 새끼가 치우라면 치우지 말이 많아!"

"······."

필자는 말없이 발을 꽉 죄는 방한화를 신었다. 그리고 불기운이 없는 몇 명의 동료들이 웅크리고 서 있는 곳으로 절뚝거리며 걸어갔다.

"형제님, 뭐가 그리 추워서 몸을 웅크리고 발발 떱니까? 나처럼 어깨를 쫙 펴고 춥지 않다는 마음을 가져 보십시오. 하나도 안 춥습니다."

불교 회장이 어깨를 쫙 펴고 파르무레한 두 손으로 합장하며 말했다. 그러나 필자도 춥지 않다는 마음으로 어깨를 쫙 폈으나 차디찬 바람은 추위를 더 느끼게 했다.

"회장님, 불교에 대해서 궁금한 게 있는데 물어봐도 되겠습니까?"

"예, 물어보십시오."

"내가 어느 책에서 읽었는데 돼지고기를 돈나물, 토끼고기를 톳나물이라고 하고 술을 곡차라고 하던데 이 말을 어떻게 생각하십니까?"

"나도 그 책을 읽어 봤습니다. 불교는 깨달음의 종교라 어떤 환경도 물질도 초월할 수가 있습니다."

"그래요, 회장님도 추위에 떨고 있으면서 왜 춥지 않다고 말합니까?"

"그거야 몸이 떨고 있지 마음은 떨고 있지 않기 때문입니다."

"내 생각엔 마음도 몸이 있어야 깨달을 수 있지 않겠습니까?"

"관세음보살 나무아미……."

회장은 합장을 한 채 머리를 조금 수그린 뒤 염불을 외며 다른 곳으로 걸어갔다.

"작업 시작!"

본무 담당이 고함을 지르자 여기저기에서 감호자들이 우르르 뛰어가 호미와 괭이 등의 연장을 잡으려고 야단이었다. 그러나 필자는 천천히 걸어가 하나 남은 곡괭이를 집어 들었다. 그리고 그는 머리를 숙여 '하나님, 오늘도 저와 함께해 주시고, 제 삶을 주관해 주시옵소서'라고 마음속으로 기도하고 난 뒤 땅을 파기 시작했다.

"에잇! 에잇! 에……."

필자는 곡괭이를 높이 쳐들었다가 힘껏 땅에 내리꽂았다. 그러나 땅거죽이 꽁꽁 얼어붙어 곡괭이 끝도 들어가지 않았다.

"모두들 농땡이 부리지 말고 열심히 일해!"

본무 담당이 작업장을 둘러보며 큰소리로 한마디하고 불을 쬐러 가자, 감호자들은 연장을 들고 폭과 깊이가 2m 정도 되는 수로로 뛰어들었다. 그러나 필자는 묵묵히 언 땅을 팠다. 그가 쉬지 않고 곡괭이질을 계속하자 꽁꽁 얼어붙은 땅거죽도 조금씩 깨어져 떨어졌다.

약 5분쯤 지났을까! 필자의 팔과 허리에 통증이 느껴지고 호흡도 거칠어졌다. 그러나 그는 아들과 아내의 얼굴을 떠올리며 더 열심히 일했다.

'이게 뭘까?'

한참 동안 필자가 곡괭이질을 하다가 일손을 멈추었다. 그리고 그가 거친 숨을 몰아쉬며 언 땅속에서 수없이 쏟아져 나온 깨알보다 더 작은 노릇노릇한 물체를 눈여겨보았다.

'아, 아니 새싹이! 내가 힘껏 내리꽂아도 곡괭이 끝도 잘 들어가지 않는 언 땅속에서 어떻게 여린 새싹이 움틀까?'

필자가 골똘히 생각해 보아도 자연의 신비를 깨달을 수 없었다. 그러나 단 한 가지! 그는 깨알보다 작은 여린 새싹이 꽁꽁 언 땅속에서 얼어 죽지 않은 모습을 눈으로 확인할 수가 있었다.

'그래! 식물이든 사람이든 생명력이 없으면 낙엽 같은 산송장이야!'

필자는 정겨운 마음으로 새싹을 보며 지난 7년 동안의 수형 생활을 떠올렸다. 그리고 그가 그곳에서 삶의 아름다운 꽃을 피우기 위해 곡괭이 자루를 꼬나잡고 언 땅을 또 파기 시작할 때, 함박눈이 진눈깨비가 되어 내리고 있었다.

약 10분쯤 지났을까! 필자의 이마에 구슬 같은 땀방울이 송골송골 맺히고 숨결도 거칠어졌다. 그는 목이 타서 큰 주전자(9.0L)에 든 살얼음이 언 물을 한 컵 가득 따라 마셨다.

'아~ 시원하다! 이렇게 얼음물이 시원하고 달콤할 수가!'

난생처음으로 필자가 시원하고 달콤한 맛을 느끼며 방한모와 상의를 벗었다. 그래도 필자는 더위가 가시지 않아 지정된 장소 내에서 제일 높은 곳에 올라섰다.

'아~ 시원하다! 아~ 상쾌하다! 조금 전까지 휘파람을 불며 나를 발발 떨게 한 찬바람이었는데!'

필자는 이마에 땀을 닦으며 수로 안에 온몸을 웅크린 채 우거지상으로 땅바닥을 보며 서성거리는 동료들과 교도관을 내려다보았다.

'만약에 내가 일을 게을리하거나 하지 않았다면, 지금도 저 사람들처럼 땅바닥을 보며 추위에 떨고 있겠지!'

필자는 티끌처럼 찬바람에 쫓겨 다니는, 옷깃을 세우고 자라처럼 목을 움츠린 불교 회장을 내려다보며 잠시 생각에 잠겼다.

'그래! 일체는 유심조가 아니라 일체 유행(行)조야! 원효대사가 잠결에 목이 말라 해골에 담긴 물을 마시지 않았다면, 마음으로 달고 시원함을 느낄 수 있었을까?'

그곳에서 필자의 깨달음은 원효대사보다 더 명확했고, 사상(思想)의 이치를 깨친 기쁜 마음으로 회색 구름 사이로 얼굴을 내민 태양을 쳐다보는 순간 필자의 입에서 감탄사가 터져 나왔다.

"아~ 아니! 이렇게 아름다울 수가!"

쌍무지개가 뜬 하늘에서 진눈깨비가 햇빛을 반사하며 마치 금가루 아니, 온갖 보석이 반짝반짝 찬란한 빛을 발하며 내리는 것 같았다.

필자의 눈에 온 세상이 아름답게 보였고, 그는 머리를 숙여 기도하기 시작했다.

'하나님 아버지 감사합니다. 저 같은 죄인을 벌하지 아니하시고 사랑으로 거두어 주셔서……'

필자의 기도는 가석방(1988년 10월 28일 11시. 7년 4개월 5일 만에 제2감호소에서 출감) 후에도 계속 이어지고 있고, 그의 간증을 통해 성우는 행함의 깨침과 지금도 성령이 역사하고 있음을 확신했다. 그리고 필자의 간증에는 미사여구도 흥미로운 배경도 격정적 음악도 삽입되어 있지 않았으나, 침암한 어둠 속에 죄인을 구원해 준 하나님은 필자 안에 필자는 하나님 안에 거하고 있었다.(요일4:15)

7. 도적들과 날사기꾼들

성우는 IMF 때부터 2년 넘게 실업자 신세였다. 그는 할 일이 없어 응접실 소파에 앉아 조간신문을 읽고 있었다.

정치면은 당파 싸움으로 찢어져 있었고, 경제면은 경기 침체와 증권 파동에 관련된 기사로 덮여 있었고, 사회면은 요즘 경기가 안 좋아 더 이상 못 해먹겠다며 폐업한 가게를 찍은 사진과 글이 게재되어 있었다.

"여보, 차 한 잔 합시다."

은혜가 응접세트 위에 차 두 잔을 놓으며 말했다. 그리고 그녀가 옆자리에 앉으며 물었다.

"요즈음 볼만한 기사가 좀 있어요?"

"볼만한 기사? 옛날부터 정치꾼들은 할 일이 태산같이 쌓여 있어도 허구한 날 니 탓 네 탓만 따지며 자신들 밥그릇만 챙기니, 서민들이 살기가 힘들어 신음하는 기사밖에 더 나겠어?"

"그래요, 요새 정수 씨는 좋은 일을 많이 해 동네에 소문이 자자해요."

"뭐, 정수가? 내일은 해가 서쪽에서 뜨겠네."

"여보, 내가 노인들한테 직접 들은 말이에요."

"그래, 허 참! 정수가 죽을 때가 되었나? 하루아침에 마음이 변한다니!"

"아픈 노인들이 약을 사러 오면 어디가 아프냐고 친절하게 물으며 약도 싸게 처방해 주고, 형편이 어려운 노인들 집에 쌀도 20kg짜리 한 포대씩 갖다준대요."

"그래? 요즘 경기가 안 좋아 서민들이 죽을 지경인데 정말 좋은 일 하네."

"당신 정말 모르고 있었어요?"

"응, 당신한테 처음 들어."

"정수 씨도 교회에 다니나?"

은혜가 고개를 갸웃하며 한마디 했다. 그리고 그녀는 차를 다 마신 뒤 할 일이 남았다며 마당으로 간 뒤였다.

성우는 신문을 접어 응접세트 위에 놓으며 "대한민국은 민주 공화국이다. 대한민국 주권은 국민에게 있고 모든 권력은 국민으로부터 나온다."는 헌법 제 1조 1항과 2항을 혼잣말로 중얼거렸다. 그리고 그는 대한민국 정부 수립 이후 역대 대통령들의 얼굴을 떠올렸다. 그러나 그들 중에 국가의 미래와 국민들의 생명과 재산을 지킨 일꾼은 아직 한 명도 없다.

'청기와가 죄수 복색과 비슷해서일까!'

성우가 생각할수록 우리나라는 정치 후진국이며 적폐 발원지는 청와대와 국회였다.(5선 국회 의원의 말 인용) 그가 말하지 않아도 국민들이 다 알다시피 역대 대통령들 중에서 몇 명을 제외하고 그들의 말로가 비참하니 정말 창피하고 부끄러운 나라이다.

성우가 이런저런 생각을 하며 우리나라 역사를 돌이켜보니 이 충무공과 안중근 의사도 있었다. 그런데 대한민국 정부 수립 이후 나라에 일꾼이 되기 위해, 선거 홍보지를 곳곳에 붙여 놓고 목에 핏대를 세워 외쳤던 말이 아직도 그의 눈에 선연했고 귓가에 쟁쟁했다.

　황소를 인쇄한 벽보와 선거 공약, 배고파 못 살겠다! 민생을 살리겠다! 등등…….

　성우가 생각해 보아도 반세기가 지나갔으나 우리나라의 참담한 불행한 역사를 가슴에 새긴 일꾼은 한 명도 없었다. 그동안 그들은 황소처럼 일하기는커녕 광견처럼 주인을 물어뜯어 학살했는가 하면 밤낮으로 부정부패를 일삼는 쥐가 되기도 했다. 그리고 서민들이 정신적 물질적 궁핍에 허덕여도 그들과 수하들까지 얼마나 많은 부를 착복했는가? 그런데 국민들이 정치꾼들의 인원 감원과 특권을 박탈하지도 세비를 왜 반으로 삭감하지 않는지? 하긴 국민들 중에는 정치꾼들에게 빌붙은 파렴치한도 더러 있고 비양심적인 좀도둑도 더러 있다. 성우는 생각할수록 분통이 터졌다. 그는 이런저런 생각 중에 걸핏하면 검정색 옷차림으로 떼거리로 몰려가, 순국선열들의 영전에 한 송이 흰 국화꽃을 헌화한 뒤 머리 숙여 묵념하는 그들의 모습을 떠올렸다.

　"애국선열의 얼을 진심으로 기렸을까? 아니면 국민들의 눈을 손바닥으로 가리고 '아웅'하는 그들만의 피상적 연기일까!"

　성우는 긴 한숨을 쉬며 혼잣말로 한마디 중얼거렸다. 그리고 그가 당면한 현실을 곰곰이 생각할수록 머리가 어지러워 푹신한 소파에 몸을 기대며 눈을 감았다.

　얼마나 잤을까! 아내가 몸을 흔들며 깨우는 소리에 성우는 눈을 거슴츠레 떴다.

　"맨날 노는 사람이 무슨 일을 했기에 코를 골아요?"

"일은 무슨 일, 무료해서 그렇지."

"정신 차리세요. 집에 손님이 왔어요."

"이 사장, 한낮인데 일은 안 하고 주무시면 어떡해?"

은혜의 말에 이어 기철이 앞에 서서 한마디 했다.

"왔어, 앉아."

"자네도 팔자가 좋은 사람이야."

"뭐라고? 일이 없어 놀고 있는 사람에게 할 말이야?"

기철이 앞에 앉아 한마디 하자 성우는 못마땅한 표정으로 말을 맞받 아쳤다.

"미안해, 나는 당파 싸움을 일삼으며 의석에 앉아 졸고 있는 정치꾼 들을 빗대어 한 말이야."

"그래? 당파마다 자기들의 잘못을 반성하기는커녕 또 민생을 살리겠 다고 슬로건을 내걸겠네."

"이것 참! 어제오늘 겪는 일도 아니고 걸핏하면 민생을 살리겠다고 캐치프레이즈를 내걸고 떠드니, 각지각처에서 한 번 속지 두세 번은 안 속는다고 민중 봉기가 불같이 일어나야 정치꾼들이 정신을 번쩍 차릴 것인가?"

"이제 국민들이 일을 잘하겠다고 큰소리치는 도적놈과 날사기꾼을 뽑 으면 안 돼. 국가와 국민을 위해 일할 참된 일꾼을 간탁(簡擢)해야 돼."

성우가 기철의 말에 맞장구를 칠 때 은혜가 차 두 잔을 쟁반에 받쳐 들고 왔다. 그리고 그녀가 성우 옆에 앉아 기철이 앞에 차 한 잔을 놓으 며 말했다.

"차 드세요."

7. 도적들과 날사기꾼들

"예, 잘 마시겠습니다."

기철이 차를 두어 모금 마신 뒤였다.

"그건 그렇고, 정수가 우리 세 사람 부부 동반해 K호텔 궁중한정식에서 식사 같이하고 싶다고 하네. 그러니 저녁 7시에 은혜 씨도 남편과 꼭 오셔야 합니다."

"무슨 일로 그래?"

"나도 모르네."

"허, 그것 참! 먼젓번처럼 나를 당황하게 하는 일은 아니겠지?"

"아 참! 정수가 처제하고 재혼한 다음 날 저녁에, 자네가 정수에게 위선자라고 말했잖아?"

"응, 그렇게 말했지."

"그 말에 정수가 쇼크를 받았는지, 요즈음 좋은 일을 많이 하며 자기도 우리 지역의 봉사자라네."

"그래, 그럼 내가 그 말을 잘했네. 우리가 한평생 어떤 동무와 함께하느냐에 의해 삶이 달라져. 그러므로 인생의 길벗은 정말 중요해."

"여보, 이제 갱년기가 지났으니까 친구와 다투지 말고 친하게 지내세요."

"자네 말이 틀린 말은 아니지만, 은혜 씨 말씀처럼 우리 서로 조금씩 이해하며 살자."

"응, 앞으로 그럴게."

그들이 차를 마시며 나누는 말에 은혜도 한마디 거들었다. 그리고 기철은 부부 동반해 오라고 또 당부하고 갔다.

성우는 저녁녘에 편안한 노타이 차림으로 집을 나섰다. 그리고 버스를 타고 빌딩숲을 바라보며 시내로 향하다가 왠지 무료해 아내가 한 말을 떠올렸다.

은혜는 가족과 식탁에 앉아 먹는 음식이 제일 맛있다고 말했다. 하긴 성우도 아내가 해 주는 음식이 입에 맞고 맛도 있었다. 그리고 그의 아내는 세월과 함께한 자연스런 얼굴이 좋다며 부분 성형도 하지 않았다.

성우가 K호텔에 도착해 손목시계를 보니 약속 시간 10분 전이었다. 그가 로비에 앉아 주위를 둘러보던 눈길이 바로 옆자리, 면내기 위한 값비싼 옷을 입은 중년의 미시즈 아니 올드미스들에게 머물렀다.

그녀들은 눈과 코와 안면과 보톡스도 어느 성형외과에서 맞고, 이름도 작명가가 지어 주는 대로 개명했다고 말했다. 그리고 여자들은 혼기를 놓친 인재나 돈이 많은 남자를 만나면 팔자를 고칠 수 있다고 까르르 웃으며 속닥거렸다.

"얘는 우리들 중에 모 대학에서 박사 학위를 받았다면서? 실력이 정말 대단."

"쳇, 뭐가 대단이야! 누구의 학위 논문을 표절한 쇳가루 무닌데."

성우는 주위 사람들의 이목을 전혀 의식하지 않는, 속물화된 그녀들의 자랑과 무질은 핀잔을 듣는 순간 어이가 없었다.

"안녕하세요?"

"예, 오래간만입니다."

기철이 처가 앞에 나타나 고개를 까닥하며 인사하자, 성우도 고개를 까닥하며 인사했다.

"효숙이 엄마와 같이 안 왔어?"

"응, 집사람은 가족 모임이 아니면 외출 안 해."

기철의 물음에 성우가 대답할 때 정수도 처와 같이 나타났다. 그들은 서로 인사를 나누었고 예약한 자리로 가 앉았다.

손님이 꽤 많을 시간인데 궁중 한정식당 실내는 한산했고, 궁정 음악 선율이 실내를 채우고 있었다.

그들은 큰 상에 둘러앉아 음식을 시켰고, 술잔을 나누며 오순도순 이야기꽃을 피웠다.

만찬 석상 분위기가 무르익자 정수가 올봄부터 동네 어른들을 꽃구경도 시켜 주고, 가을에 단풍놀이도 보내 줄 예정이라고 말했다. 그리고 그는 우리 부모 세대는 일제 강점기 때 쪽발이들의 달콤한 유인과 온갖 착취로 우리 민족이 궁핍과 학살을 당했고, 6·25 사변 때는 잿더미 속에서 배고픔과 고난을 겪은 어른들이라며, 그는 지금부터라도 우리 동네의 형편이 어려운 어른들을 잘 보살펴 주고 싶다고 부언했다. 그의 말에 성우도 기철도 박수를 치며 찬성했다.

"자네 뜻은 좋지만 돈이 많이 들 텐데?"

"요즈음 이상하게 아픈 사람이 더 많은 것 같아, 약사 2명을 더 고용했는데 잠시 쉴 사이도 없어."

"그래, 자넨 참 좋겠다. 하긴 경제가 어려워지면 업종별로 명암이 뚜렷이 갈리지."

성우는 기철과 정수의 말을 듣고만 있었다.

"좋긴 뭐가 좋아? 우리 사회에 아픈 사람들이 없이 모두가 건강하게 살아야지. 그건 그렇고 자네들 놀지 말고 우리 동네에 형편이 어렵다거나 거동이 불편하신 어르신들 명단 좀 작성해 줘."

"뭐하게?"

성우는 또 말없이 그들의 말을 듣고만 있었다.

"뭐하긴, 내가 알아야 도와드릴 수 있고 계획한 일도 실행할 수 있잖아?"

"일당은 주지?"

"요즘 공짜가 어디 있어."

"알았어, 모레 아니 내일까지 명단 작성해 줄게."

"내일까지 작성해 준다고?"

기철이 호언장담하자 정수가 되물었다.

"응, 반장이나 통장한테 노인들 명단이 있을 거야."

"뭐? 자네는 경영학을 전공해서 그런지 사소한 일도 공짜가 없네."

"내 말을 곧이들었어? 농담이야, 농담. 자네 설마 성우가 위선자라고 한 말에 쇼크 받아 하려는 짓은 아니겠지?"

"솔직히 쇼크를 안 받았다면 거짓말이고 시간이 얼마 지나지 않아 내가 못난 놈인 줄 깨달았어. 성우야, 고마워."

"난 자네가 미워서 한 말이 아닌데 마음이 상했다면 미안하네."

정수의 말에 성우가 사과했다.

"그래, 알고 있어. 자넨 어릴 때부터 바른말만 하며 행동하는 우리들 대장이었잖아? 앞으로도 우리 우정 변치 말자."

정수의 말에 그들은 서로 악수를 나누었고, 다들 거나하게 취해 각자의 집으로 돌아갔다.

* * *

그해 봄은 따뜻했다.

아침에 약국 앞에 전세 관광버스 2대가 주차되어 있었다. 지팡이를 짚은 노인들이 나들이 차림으로 동네 입구에 나타나자, 정수와 친구들이 인사하며 노인들을 부축해 승차를 도와주었다. 그리고 가을에도 정수는 노인들을 단풍놀이를 가게 해 주었다.

약 2년 동안 정수는 동네의 어려운 노인들을 도와주었고, 그들의 입에서 입으로 온 동네 노인들이 그의 얼굴은 몰라도 이름은 한두 번 들었을 정도가 되었다.

어느 날 저녁이었다. 정수가 술좌석에서 친구들에게 자기의 의향을 물었다.

"내 이번에 국회 의원 선거에 출마해 볼까?"

"뭐라고, 자네가?"

"……."

기철은 술을 마시다가 뜻밖이라는 표정으로 물었으나, 성우는 말없이 정수의 얼굴을 보며 속으로 '아뿔싸!'라고 외쳤다.

"성우, 자네 생각은 어때?"

"이 사람아, 내 생각이 어떻든 자네의 생각이 중요하잖아?"

"쇠뿔도 단김에 빼라고 이번에 자네 국회 의원 선거에 출마해. 지금도 어려운 사람들을 도와주고 있잖아?"

"기철이 말을 들으니 서면에 모 병원장이 생각나네. 몇 년 전부터 기독교 신자들이 자기 병원에 치료 받으러 오면 30% 싸게 해 준다고 하던데, 이번에 그 사람도 국회 의원 선거에 출마한다고 해."

"난 종교인이 정치를 하면 안 된다고 생각해. 지금 절이나 교회는 세금을 한 푼도 안 내잖아?"

성우의 말에 정수가 한마디 했다.

"그 말은 맞아, 정치는 나라의 부정부패 근절과 사회의 질서를 바로 잡는 역할을 해야지, 자기들의 이익을 위해서 하면 안 돼. 그러니 지역에 봉사하고 있는 자네가 국회 의원 선거에 출마해."

기철이 정수의 말에 맞장구를 치며 부추겼다.

"응, 그러잖아도 이번에 나도 출마할 거야."

"그래? 자네 생각이야, 누구 생각이야?"

성우가 물었다.

"나도 정치인이 되고 싶고 장인도 권유하고, 지역 주민들이 국회 의원 선거에 출마하라고 더 권해."

정수의 말을 들으며 성우는 '국민이 원하면'이라고 지껄였던 정치꾼의 얼굴을 떠올렸다. 물론 몇몇 거머리 추종자들이 아부성의 말을 했겠지! 그러나 정치꾼은 입도 뻥긋하지 않는 국민을 팔아 권력을 유지했다.

"뭐, 주민들이 더 권해?"

성우는 정수의 얼굴을 반히 보며 물었다.

"응."

"난 정치에 대해 잘 모르지만 자네들 만해 한용운 스님 알지?"

"응, 그분 시인이고 독립 운동가이지."

성우의 물음에 기철이 대답했다.

"그분이 갓을 쓴 관리가 자기 할 일을 안 하면 도적이라고 했어. 그분 말씀에 내가 한마디 부언하면, 가슴에 무궁화 금배지를 달고 자기의 할 일을 안 하면 날사기꾼이야."

"나도 자네 말에 동의해. 국회 의원들이 유세 활동할 때 유권자들에게 갖은 장밋빛 선거 공약을 남발하고, 허구한 날 국사(國事)는 강 건너 불 보듯 하며 네 탓 남 탓을 일삼아 당파 싸움만 하고, 국회에 등원하지 않아도 매달 세비를 꼬박꼬박 챙기니 국민들의 입장에서 재조명해 보면 날사기꾼이란 말이 맞아."

성우의 말에 기철이 맞장구를 쳤다.

"지금 정치인들 중에 우리나라의 참담한 불행한 역사를 가슴에 새긴 정치인이 몇 명이나 될까? 일제 강점기 때는 쪽발이들이 우리네 부모형제들을 달콤한 말로 유인해 온갖 착취와 대량 학살했으며, 6·25 사변 때는 공산주의자들이 우리네 부모형제들을 잿더미 속에서 배고픔과 고난을 겪게 했지만, 지금은 온갖 어려움과 고난을 함께 겪은 우리 민족인데 허구한 날 저것들 밥그릇만 챙긴다고 당파 싸움만 일삼으니, 그 죽일 놈들처럼 왜 민생을 짓밟으며 못살게 구는지 모르겠어. 솔직히 말해서 특정 범죄 가중 처벌 등에 관한 법률은, 무지한 무지렁이도 아닌 배울 만큼 배운 그놈들에게 훨씬 더 무거운 중죄를 적용해야 돼. 내 말이 틀렸어?"

"아니야, 천만 번 합당한 말이야. 순국열사들의 희생정신을 까맣게 잊은, 그분의 말씀처럼 나라의 도적들이야!"

정수가 열변을 토하자, 기철이 또 맞장구를 쳤다.

"우리 사회에서 일 안 하고 남의 돈을 챙기는 놈들은 도둑들이나 사기꾼들이야. 국민의 한 사람으로서 냉정히 한 번 생각해 봐. 4년 동안 당파 싸움만 일삼으며 국민의 혈세를 낭비하는 국회 의원 한 사람당 연봉이 얼마야? 세금 등을 떼고 실수령액이 5억이 훨씬 넘어. 민주주의 국가에서 있을 수 없는 일이야? 그래서 내가 국회 의원 감원과 비례 대표제와 특권 폐지, 적정한 세비 등의 법안을 발의해 고착화시키려고 국회 의원이 되려고 해."

"그래, 좋은 생각이야. 우리나라가 살기 좋은 나라가 되려면 싱가포르처럼 법이 엄해야 돼. 자네가 국회 의원이 되면 몇 년 전에 어느 사람처럼 큰 마당비를 들고 등원해 의레기들을 깨끗이 싹 쓸어버리겠다고 큰소리로 말해!"

정수의 말에 기철이 또 맞장구를 쳤다.

"자네 진심으로 하는 말이야?"

"응, 지금도 내가 동네의 어려운 사람들을 도와주고 있잖아?"

성우의 물음에 정수가 대답했다.

"자네가 국회 의원이 되면 정말 지금 말한 대로 실행할 수 있어?"

"이 사람이, 친구의 말을 못 믿어서 다짐하는 거야?"

"자네 말을 믿어, 하지만 신은 인간의 마음을 한순간에 변하게 할 수 있지만, 인간은 자기 자신을 쉽게 이기지 못하기 때문에 되묻는 거야."

"자승최강(自勝最强)이란 말처럼 나도 내 자신과 싸워 판판이 졌어. 그때마다 나는 못난 내가 되지 않으려고 새로운 결의와 단단한 각오로 재도전했어. 그 결과 내 마음도 점차 변하더군."

"그래, 입은 비뚤어져도 주라는 바로 불어라란 속담처럼 정치인은 나라의 역사와 정치꾼들의 심보를 알아야 해. 그 사람이 어떤 사람이었는지도 모르고 무조건 무덤 앞에 떼거리로 몰려가 묵념하는 짓은 국민들을 기소(欺笑)하기 때문이야."

"내 생각도 자네와 같애."

성우의 말에 정수도 동의했다.

"그럼 자네는 우리나라 역대 대통령들 중에서 누가 국가와 국민을 위해서 일을 많이 했다고 생각해?"

"그야 방 통이지. 518년 동안 조선의 왕들이나 대한민국 정부 수립 이후 하지 못한 일을 방 통은 몇 년 만에 다했어. 두말할 나위 없이 우리나라의 경제 발전과 국민들의 생활 수준도 향상되었잖아?"

성우의 물음에 정수가 선뜻 대답했다.

"나도 그런 일은 인정해. 하지만 그 사람 일본 해군 사관학교 출신이며, 나라에 충성하겠다고 맹세한 사람이야."

"이 사람아, 그때는 일제 강점기였잖아?"

"뭐? 일제 강점기 때 유관순 열사도 있었고 안중근 의사도 있었어!"

정수의 말을 성우가 큰소리로 되받아쳤다.

"나도 알아, 하지만 그가 낙후된 농촌을 근대화시켰고 고속도로도 건설했잖아?"

"그날 이후로 방 통이 나라와 국민을 위해 한국적 민주주의 새 헌법을 만들었을까?"

"자네 술 취했어?"

"몇 잔 마셨다고 술 취해?"

정수의 물음을 성우가 되받아쳤다.

"오늘 내가 말을 좀 했더니 목이 컬컬하네. 박 사장, 내 술잔이 비었네."

"언제 마셨어? 난 빈 잔인 줄 몰랐어."

기철이 맥주를 잔에 가득 따라 주자 성우는 목이 말라 벌컥벌컥 들이켰다. 그리고 그는 또 입을 뗐다.

"정수 자네가 국회 의원 선거에 출마하려고 해서 하는 말인데 내 말 귀담아 들어. 정치에도 철학이 있고 삶에도 순리가 있어. 누구라도 정치 철학을 역행하거나 삶의 순리를 거스르면 된서리를 맞아. 우리나라 역대 대통령들의 말로가 왜 비참해진 줄 알아? 정치 철학을 역행했기 때문이야. 자동차는 도로로 배는 물 위로 비행기는 공중으로 떠서 날아다니듯이, 누구라도 삶의 순리를 거스르면 온갖 불행이 덮쳐 와. 그러니까 자네들 대학을 나왔으니 내가 한 말을 응용해 봐."

그날 밤 그들은 많은 이야기를 나누며 술잔을 기울였고, 다들 얼큰하게 취해 각자의 집으로 돌아갔다. 그리고 일주일이 지나갔다. 그들은 저녁에 단골 술집에서 또 만났다. 그동안 정수는 장인의 도움으로 정당 공천도 받고 이번 선거에 입후보했다고 말했다. 그리고 그는 친구들에게 내일 선거 캠프를 차리자고 제의했다. 기철은 찬성했으나 성우는 친구를 위해 할 이야기는 다 했다며, 어떤 정치인이 되느냐는 본인의 의지와 실천에 달렸다고 말했다.

요즈음 선거 운동이 한창이다.

전신주와 신호주, 가로수 등…….

길거리에 플래카드나 빌딩에 대형 현수막이 곳곳에 무질서하게 걸려 있고, 후보자나 선거 운동원이 확성기를 고음으로 틀어 놓고 대중가요 장단에 맞추어 율동을 하며 소리를 지르는 광경은, 마치 무당들이 퍼렇고 붉은 천을 어지러이 걸어 놓고 푸닥거리하는 광경과 다를 바가 없었다.

성우는 길거리 곳곳에 걸려 있는 현수막과 벽이나 담장에 붙어 있는 벽보를 눈여겨보았다. 각 당의 슬로건은 한결같이 '경제가 답이다!'가 아니면 '민생을 살리겠다!'였고, 그의 눈에 몇 명을 제외하고 초면부지였다.

'쳇! 다들 전공 분야가 경제학일까! 아니면 기업을 경영해 봤을까? 국회 의원이 아니더라도 어려운 지역민을 도울 뜻이 있으면 얼마든지 도울 수 있고, 국민의 한 사람으로서 잘못된 제도나 행정을 지적할 수 있는데!'

성우는 후보자들의 평범한 이력을 보며 이런저런 생각을 했다. 그리고 그는 동네의 어려운 사람들을 도와주고 있는 정수의 선거 사무실로 갔다.

"수고가 많네."

"자네 마침 잘 왔네, 내 자리에 앉아 정수 선거 좀 도와 줘."

성우가 인사말을 하며 바른손을 내밀자 기철은 악수한 손을 놓지 않고 일어서며 말했다.

그곳엔 민원인과 자원봉사자로 북새통을 이루고 있었고, 사무장인 기철은 눈코 뜰 새가 없었으나 그를 반갑게 맞았다. 그리고 그들은 바로 옆 긴 의자에 나란히 앉으며 말을 이었다.

"이 사람아, 그 자리에 아무나 앉을 수 있나? 자네에게 안성맞춤이고, 국민들 세금 한 푼이라도 헛되지 않게 관리 잘해야 되는 자리잖아?"

"그래, 하지만 내가 일일이 확인할 수도 없고, 잠시 누구에게 맡길 사람도 없어. 그래서 내가 잠금 장치가 있는 책상으로 바꿨고, 화장실에 갈 때도 자물쇠를 채워 놓고 가."

"아무튼 수고가 많네. 정수가 자네 공을 알겠지."

"이 사람아, 백지장도 맞들면 낫다는 속담처럼 자네도 좀 도와줘."

"그래서 내가 왔잖아. 정수는 안 보이네?"

"요새 그 사람 몸이 두세 개라도 모자라, 국회 의원이 되려고 아주 의욕적이야."

"그래, 목소리는 쉬지 않았어?"

"낮에 유세하러 다니는데 목소리가 좀 쉰 듯해."

"약사니까 건강은 알아서 잘 챙기겠지. 그건 그렇고 선거 운동원들 중에서 노인들은 왜 한 사람도 안 보여?"

"자네 말대로 일제 강점기와 6·25 사변 때에 온갖 설움과 역경을 겪으며 살아난 우리 동네 어르신들 몇 분을 선거 운동원으로 참여시키려 했는데, 집에서 편안하게 지내는 게 더 낫다는 생각이 들었어."

"이 사람아, 내 말이 아니라 정수가 한 말이고, 또 그가 그분들을 도와주고 있잖아? 그러니 형편이 어렵거나 거동이 불편한 어른신들 명단 나에게 줘."

"나에게 없어. 정수가 가지고 있어."

기철의 대답에 성우는 길거리에 걸려 있는, 낮은 자세로 항상 소외 계층과 약자의 편에 서서 일하며 서민들을 부모 형제처럼 잘 섬기겠다고 인쇄되어 있는 현수막의 글귀를 떠올렸다.

'선거 운동원들 중에 휠체어를 탄 지체 부자유 장애인과, 지난날 온갖 역경을 겪으며 살아난 산업의 역군이었던 노인들은 왜 한 사람도 없을까? 만약에 선거 운동원들 중에 몇몇 사람이 장애인과 노인이라면 그들은 선거 공약을 실천하는 후보자이며, 박스 등을 주워 팔아 사는 그들의 생활에 큰 보탬이 되지 않을까!'

성우가 이런저런 생각을 하고 있을 때 정수가 선거 사무실에 들어왔다.

"자네 왔어?"

"목소리도 허스키하고 얼굴도 햇빛에 그을려 건강한 모습이네."

그들은 악수를 하며 한마디씩 했다. 그리고 정수는 성우의 옆에 앉았다.

"자네 인생은 고상하게 살면서 선거 운동은 왜 그렇게 안 해?"

"무슨 말이야? 나 지금 선거 운동 열심히 하고 있어."

"무슨 말이라니? 지난날 온갖 역경을 겪으며 사신 어르신들을 도와줘야 한다고 자네가 말했잖아?"

"내 생각엔 변함이 없어. 하지만 연세가 많은 어르신들 건강을 해칠까 봐 염려되어 안 뽑았어."

"이 사람아, 어르신들이 자네처럼 생각할까? 내 생각엔 할 일이 없어 무료하게 집에만 계시던 어르신들이, 선거 운동을 하는 동안 삶의 희열을 느낄 거야. 그리고 내가 백문이 불여일견이라 후보자나 선거 운동원들이 우리 지역을 위해 일 잘 하겠다고 백 번 외침보다, 지역민들에게 실천하는 행동을 자네가 한 번 보여 주는 것이 더 효과적이라고 말했을 거야. 선택은 후보자인 자네가 해. 내 말대로 하겠다면 자네가 도와주는 사람들 중에서 지체 장애인 3명, 박스 등을 주워 팔아 사는 노인 3명, 의사소통이 무난한 노인 4명에게 내일 오전 9시까지 선거 사무실 옆 편의점 앞으로 나오라고 말해. 그리고 기철이 자네는 선거 운동원 일당과 점심 식대를 넣은 봉투 10개를 챙겨 놔."

다음 날 성우가 9시가 되기 전에 편의점 앞에 가보니, 그가 어제 말한 10명이 의자에 앉아 있었다. 성우는 그들에게 인사를 하고 편의점에 들어가 과자와 음료수 등을 사 와 탁자 위에 놓았다. 그리고 그들에게 음료수를 한 잔씩 따라 주었다.

"아침부터 어르신들을 귀찮게 제가 이곳으로 오시라고 해서 죄송합니다."

"죄송하긴, 하루 종일 할 일이 없어 집에만 있는데 바람도 쐬고 좋아."

"제 생각도 어르신과 같았습니다. 그래서 우리 동네 어르신들 중에 대표로 열 분을 모셨습니다. 어르신들 집에만 계시는 것 보다 바람도 쐬고 다리 운동도 할 겸, 하루의 일당을 받으며 좋은 일을 하시면 더없이 좋으시겠지요?"

"암~ 조, 좋다마다, 일거양득, 아, 아니지······. 일거삼득이야."

성우의 물음에 한 지체 장애인이 말을 더듬거리며 대답했다.

"나는 돈을 안 줘도 괜찮아, 노인들이 할 수 있는 일만 시켜 줘도 좋아."

의사소통이 무난한 한 노인이 말했다.

"난 아니야, 박스 등을 주워 팔아먹고 사는 사람이야."

"예, 알겠습니다. 조금 전에 저분의 말씀처럼 일거삼득이라면 다들 좋아하시겠지요?"

"암~, 노인들이 할 수 있는 일을 시켜 줘."

"예예, 잘 알겠습니다. 어르신들께선 일제 강점기 때와 6·25 사변 때 산증인이잖아요? 일본 놈들의 달콤한 유인으로 우리 민족이 온갖 착취와 학살을 당했으며, 공산당의 침략으로 잿더미 속에서 굶주리며 온갖 고생을 다 했잖아요?"

"그때 우리나라 국민들 정말 고생 많이 했어."

한 노인이 고개를 끄덕이며 한마디 했다.

"어르신들, 지금 누가 정치를 합니까? 그때 온갖 설움과 고난을 함께 겪은 우리 민족이 정치를 하는데, 국가와 국민은 돌보지 않고 당파 싸움을 일삼으며 저거들 배만 채우고 있잖습니까?"

"그 말은 맞아, 서민들이 어떻게 사는지 저것들 안중에도 없어."

"그래서 국민들이 정치꾼들을 다 욕하잖아."

성우의 말에 노인들이 이구동성으로 한마디씩 했다.

"어르신들, 이제 나라의 도적들을 마당비로 싹 쓸어 내버려야 합니다. 그리고 나라와 국민을 위해 일할 참된 일꾼을 뽑아야 합니다."

"맞아, 이제 국민들이 정직한 일꾼을 뽑아야 돼."

"우리가 한두 번 속았나! 매번 그 말이 그 말이고 그놈이 그놈이었잖아?"

"맞아, 그리고 그놈들 자식들은 군대에 안 가는 애가 왜 그리 많아?"

"대한민국은 건아들이 나라를 지키지, 그놈들의 허약한 정신 질환이 자식들에게 옮아 총만 봐도 기겁하는 폐인인데 군대에 갈 수가 있나?"

성우의 말에 한 지체 장애인과 세 노인이 제각기 불평불만을 터뜨렸다.

"그래서 이번에 제 친구 기호 9번, 길정수가 국회 의원 선거에 출마했습니다. 어르신들, 이 친구 정치인이 아니지만 몇 년 전부터 우리 지역의 어려운 사람들을 도와드리고 있잖습니까? 이제 어르신들과 저는 지난날의 불행한 역사와 현실을 잊은, 치매에 걸린 듯한 국민들의 의식을 일깨워야 합니다. 오늘부터 어르신들은 두세 분씩 짝을 지어 장애인 협회나 공원과 쉼터에 운동 삼아 가셔서, 여러 사람들에게 우리나라의 참담했던 역사와 사회의 현실을 이야기하며 이번 선거 때 올바른 참된 일꾼을 뽑아야 한다고 입을 모아 힘주어 말씀하십시오."

"맞아, 지금부터라도 우리가 자발적으로 나라를 위해서 마땅히 그렇게 해야지."

"암~, 우리들이 역사의 산증인인데 많은 사람들에게 단단히 알려야지."

"그래, 다들 앞으로 그놈들의 꾐에 빠지지 말고 올바른 일꾼을 뽑자고 말해야지."

성우는 노인들의 말을 듣고 그들과 선거 사무실로 갔다. 그리고 그들의 이름을 선거 운동원 명단에 기재하고, 일당이 든 봉투도 하나씩 주었다.

"자~ 어르신들, 오늘부터 편안한 마음으로 가고 싶은 대로 가십시오. 선거 기간 동안 오전 9시까지 사무실에 오셔서, 사무장에게 어제는 어디에 가서 이야기하며 놀다가 왔다고 말씀해 주십시오. 그리고 일당이 든 봉투를 꼭 받아 가십시오. 그럼 어르신들, 나라를 위해서 수고해 주십시오."

성우가 말을 하고 나서 그들에게 머리를 숙여 절을 했다.

다음 날 9시가 되기 전에 성우는 드링크제 한 박스를 사 들고 선거 사무실로 갔다. 그리고 지체 장애인 세 명에게 봉투와 드링크를 한 병씩 주며 물었다.

"어제 어디로 갔습니까?"

"우리는 장애인 쉼터에 갔습니다. 주사(主事)님 덕분에 오래간만에 친구들도 만나고, 이번에 나라를 위해 양심적인 참된 일꾼을 뽑아야 한다고 말했습니다."

"잘하셨습니다. 오늘도 가고 싶은 곳으로 가십시오."
"어제 할아버지와 할머님은 어느 곳에 갔습니까?"
성우는 폐지 등을 줍는 노인에게도 봉투와 드링크를 한 병씩 주며 물었다.
"우리도 손수레를 끌고 다니다가 나무 그늘에 앉아 있는 노인들과 이런저런 이야기를 하며, 이번 선거 때 나라와 국민을 위해 일할 참된 일꾼을 뽑아야 한다고 말했습니다."
"잘하셨습니다. 손수레 끌고 다니면서 고물도 줍고 하시지요?"
"예, 그러잖아도 그렇게 했습니다. 하루 종일 부지런히 고물을 주워 팔아도 만 원도 못 버는데, 하는 일도 없이 3만 원씩 받으니 정말 고맙습니다."
"고맙긴요, 손수레를 끌고 다니시는데 다치지 않게 조심하십시오."
성우는 고맙다고 머리를 굽실하는 노인들을 뒤로하고, 의사소통이 무난한 노인들에게도 하루의 일당이 든 봉투와 드링크를 한 병씩 주었다.
약 15일 만에 국회 의원 선거가 끝났다. 길거리 곳곳에 당선인들의 '성원에 감사드립니다. 앞으로 열심히 일하겠습니다.' 등의 글을 인쇄한 현수막만 걸렸고, 유권자들을 향해 로봇처럼 절을 하며 두 손을 흔들던 그들의 얼굴은커녕 코빼기도 볼 수가 없었다.

*　　*　　*

'물가는 오르고, 소득은 없고……'
성우는 눈을 감고, 응접실 소파에 깊숙이 기대어 앉아 생각에 잠겨 있었다.

'시의원과 국회 의원은 연봉이 많다. 게다가 현재 정치판을 보면 고위 관계자들은 정보를 통해 부당 이득까지 취득하기도, 무지한 무지렁이도 아닌 배울 만큼 배운 그들이 출마해서 유세 활동 동안 목이 쉬도록 핏대를 세워 가며 왜 고생할까? 독립운동가 한용운 스님의 말처럼 국민의 혈세를 도둑질하려고?'

성우가 이런저런 생각을 하고 있을 때 그의 아내가 쟁반에 찻잔을 받쳐 들고 나타났다. 그리고 성우 앞에 차 한 잔을 놓으며 물었다.

"여보, 뭘 그렇게 생각하세요?"

그는 아내의 목소리에 눈을 떴다.

"내가 일을 안 한 지 2년이 넘었는데, 당신 생활하는 데 어려움이 많지?"

"우리만 그래요, IMF 이후 경기가 안 좋아 다들 생활이 어렵다고 해요."

"나도 정수처럼 정치인이 되었으면 당신 고생 안 시킬 텐데."

"그런 말 하지 마시고 차나 드세요."

그들이 마주 앉아 몇 마디 이야기를 나누다가 차를 두 모금 마신 뒤였다.

"친정아버지도 나도 세상의 권세나 부귀영화를 대수롭게 생각하지 않아요. 그리고 당신도 입버릇처럼 우리가 오래 살기보다 어떻게 사느냐가 중요하고, 돈에도 내력이 있다고 말했잖아요? 당신이 땀을 흘리며 번 돈으로 쌀을 사와 지은 밥을 그릇에 담다가 밥알 하나라도 흘리면 나는 주워 먹어요."

"참 당신도, 옛날에는 주워 먹었지만 요즘 그런 사람 없어."

"나는 그렇게 생각하지 않아요. 우리 아이들도 흘린 밥알 나처럼 주워 먹어요."

"아이들 못 주워 먹게 해. 배탈이라도 나면 약값이 더 들잖아?"

"그럴 수도 있어요. 하지만 쌀 한 톨 밥알 하나의 교육이 아이들의 인생을 좌우할 사고(思考)를 키워 주는 발판이에요. 나도 친정아버지와 어머니에게 쌀의 생산 과정과 그 쌀을 사기 위해 아버지가 일해야 한다는 말을 듣고 쌀 한 톨과 밥알 하나가 귀하게 느껴졌고, 나도 우리 아이들이 초등학교 4학년 때부턴가 자신의 언행을 스스로 생각하고 판단하게 했어요. 그리고 우리는 가끔 의견도 나누어요. 그래서 그런지 아이들은 TV를 보지 않았고, 우리 딸 효숙이는 사춘기 때 손톱에 무색 매니큐어는 물론 입술에 연분홍색 루주도 스커트 같은 교복 치마도 입지 않았어요."

"알아, 반듯하게 자란 딸내미를 보면 옛날의 당신 모습을 보는 것 같아."

"그러니까 나처럼 멋도 모르는 구닥다리로 자랐다는 말이군요?"

"아, 아니야. 그런 말이 아니라 참하게 예쁘게 잘 자랐다는 말이야."

" 여보, 난요 친정아버지가 교육자라서 그런지 겉치장이 유표하거나 찌질찌질한 반라로 인기몰이 하는 연예인을 싫어해요. 그리고 당신이 IMF 이전에 벌어다 준 돈 투기하지 않고 은행에 다 예금해 놓았어요. 그러니 앞으로 몇 년 동안 집안 살림 걱정은 하지 마세요."

성우는 구김새가 없는 아내의 밝은 표정을 보며 지난날 그녀가 한 말을 떠올렸다.

'우리는 불법을 일삼는 투기꾼이 아니에요. 은행에 돈을 예금해 놓은 것은 우리가 어려울 때를 생각해 저축해 둔 거예요. 그러니 우리는 물질 만능주의에 오염된 세상 물결에 휩쓸려 떠내려가는 인간쓰레기가 아닌, 맑고 깨끗한 물에서 자유로이 헤엄치며 행복한 삶을 살고 있잖아요?'

"당신, 못난 나를 만나 슬기롭게 가난을 면하게 해 주어 고마워."

"나보다 당신이 내 인생을 든든하게 지켜 주어 더 고마워요."

그들은 감사의 말을 한마디씩 주고받았다. 그리고 그는 점심을 먹고 집을 나섰으나 갈 곳도 오라는 곳도 없었다.

'일반인도 어려울 때를 생각해 준비하는데, 정치인들은 IMF를 왜 미연에 방지하지 못했을까? 지난날의 역사를 돌이켜 보면 나라가 위기에 빠질 때마다 국민들이 구했다. 하긴 민주 투사니 인권 변호사니 하는 닉네임은 권력과 이득을 탐하는 그들의 허울 좋은 가면이었다.'

성우는 검은돈을 좋아하며 거금을 거머쥔 그들을 나라를 좀먹은 내적(內賊)이라고 생각하며, 길거리를 거닐다가 길정수 사무실에 놀러 갔다. 그곳에는 민원인이 여러 명 있었고, 기철은 한 사람과 이야기를 하고 있었다.

"어서 오십시오. 무엇을 도와 드릴까요?"

성우가 의자에 앉자 예쁘장한 한 아가씨가 차 한 잔을 탁자 위에 놓으며 물었다.

"사무장 좀 만나러 왔습니다."

"그러세요, 지금 바쁘신데 잠시 기다려 주세요."

그녀는 한마디 말을 남기고 뒤돌아 종종걸음으로 걸어갔다.

약 10분쯤 지났을까! 성우가 차를 한 모금씩 마시고 있을 때, 기철이 책상 위의 서류를 정리하며 자리에서 일어섰다. 그리고 그가 반가워하는 얼굴로 한마디 했다.

"언제 왔어?"

"조금 전에, 의원님은?"

"요즘 그 사람 무척 바빠. 오늘 오전에 장인하고 서울에 올라갔어."

그가 성우 앞에 앉으며 대답했다.

"뭐, 장인하고 왜?"

"나는 모르지, 자네 마침 잘 왔어. 지금 전화하려던 참이었어."

"그래, 무슨 일로?"

"이 사람아, 일은 무슨 일. 자네 얼굴도 보고 저녁이나 같이 먹으려고."

그들은 한정식집 조용한 방에 들어가 마주 앉았다. 그리고 기철이 음식을 시킨 뒤 양복 상의 안주머니에서 두툼한 봉투 하나를 꺼내 성우 앞에 내밀며 한마디 했다.

"자, 이거 받게."

"이게 뭔데?"

"선거 운동 기간 동안 자네 일당이야."

"뭐? 정수가 나라의 질서를 바로잡겠다고 정치인이 되었는데 내가 일당을 받아? 당치 않는 일이야, 돈 도로 돌려줘."

성우가 말할 때 상 위에 여러 가지 음식이 푸짐하게 차려졌다. 그리고 종업원이 미닫이문을 닫고 나간 뒤 기철이 말했다.

"이 사람아, 자네 말대로라면 나도 친군데 월급을 받으면 안 되잖아?"

"자네하고 나하고는 달라, 자넨 사무실의 책임자잖아?"

"이 사람아, 이번에 자네의 선거 운동으로 정수가 압승했어."

"그건 정수가 평상시 어려운 사람들을 도와준 결과야."

"그래, 자네 말도 맞아. 하지만 자네의 선거 운동이 압승하는 데 밑거

름이 되었다고, 지역 주민들이 너도나도 입을 모아 말하는데 부인할 수가 없잖아? 그러니 정수가 마음 편하게 의정 활동에 박차를 가할 수 있도록 우리 좀 도와주자."

"그럼, 정수 신경 안 쓰이게 이 돈은 받겠네. 하지만 이번 한 번뿐이야?"

"알았네, 자네 말을 정수한테 전할게. 그건 그렇고 자네 일 안 한 지 얼마나 되었어?"

성우가 마지못해 두툼한 돈봉투를 받아 잠바 안주머니에 넣을 때 그가 물었다.

"IMF 이후 건물 짓는 데가 없어."

성우는 밥을 먹으며 대답했다.

"시청 도시건설과 과장이 내 사촌형인데, 이번에 신 청사 하나 짓는다는데 자네가 시공할 생각이 있어?"

기철의 말을 듣는 순간 성우는 이상한 생각이 들었다. 그는 누가 묻지 않아도 자랑삼아 떠벌리는 성격이었고, 성우가 보지는 않았으나 기철이 집에 무엇이 있는지 다 알고 있었다.

"이 사람아, 요즘 경기가 안 좋은데 내가 찬밥 더운밥 가릴 처지가 아니잖아. 자네 사촌형 당장 만나러 가 보자."

"뭐, 당장? 사, 사실은 정수가 네 의향을 물어보라고 말했어."

"그럼 그렇지! 자네의 뜬금없는 말을 내가 곧이들을 줄 알았어?"

"자네가 몇 년 동안 놀고 있으니 정수도 나도 걱정이 되어 도와주려고 그랬어. 이해하게."

"이 사람아, 관공서 공사는 일반 건축 공사와 달라. 입찰 공고를 보고 건축업자들이 견적서 제출을 하는 등 낙찰 절차가 까다로워."

"그래, 한 달 전에 내가 정수를 따라 시청에 갔을 때인데, 도시 건설과 과장이 정수가 몇 마디 묻는 말에 벌벌 떨면서 대답하는 것 같았어."

"그 사람 비리가 들통날까 봐 안절부절못했겠지."

"그날 사무실로 돌아오는 차 안에서, 정수가 지 일 같이 하는 자네에게 의향을 물어보라고 말했어."

"요즘 청부업자들 다 자기 일 같이 해. 개중에 한두 명이 혈육이나 친구가 관공서에 간부로 있으면, 커미션을 주고 우리 사회의 질서를 파괴하는 좀도둑들이 있어. 나는 굶어 죽어도 그런 짓은 안 해."

성우는 저녁 먹을 생각이 없어 입매시늉만 했다.

"이 사람아, 물이 너무 맑으면 물고기가 없어."

"그래, 플랑크톤은 2급수나 3급수에 많아. 그러나 1급수 맑은 물에서 사는 빙어 고기 맛은 향긋한 오이 맛과 같고, 속도 투명해."

"이 사람아, 고기는 비린내가 나야 제 맛이 나는 거야."

"맞아, 사람마다 각자의 생활 환경이 달라. 어떤 사람은 비린내가 나는 곳을 좋아할 것이고, 어떤 사람은 썩는 냄새가 풍기는 곳을 좋아하겠지. 그러나 나는 맑고 깨끗한 데를 좋아해."

기철과 헤어진 뒤 집으로 돌아가는 성우의 발걸음은 가벼웠다. 그리고 그의 마음도 편안했다.

8. 삶의 현장에서

성우는 세상에서 부러운 것이 없는 아내처럼 남을 위해 봉사하고 베풀며 살진 못해도, 언제부턴가 그도 삶의 매 순간 자신의 마음을 가다듬으며 채찍질을 가했다.

어느 날이었다. 미장 뒷일꾼 세 명이 일하러 나오지 않았다. 미장일만 하도급 받은 이 미장은 미장들이 일할 수 있도록 지게로 시멘트 4포를 져 날랐다. 그리고 큰 통마다 모르타르를 가득 채워주며 자기도 미장일을 했다.

어깨가 쩍 벌어진 근육질의 다부진 체격의 이 미장.

성우는 잠시도 쉬지 않고 땀을 흘리며 일하는 이 미장이 다칠까 봐 걱정이 되었다.

'한두 번도 아니고 시멘트 4포(160kg)를 쉬지 않고 져 나르다니……'

그날 오후, 하루의 일이 거의 끝나 갈 무렵이었다. 알루미늄 지겟가지도 견디지 못하고 부러지는 순간 이 미장도 지게를 짊어진 채 넘어지고 말았다.

그날 저녁, 공사 완공에 차질이 생길까 봐 팥죽땀을 흘리며 열심히 일한 이 미장이 고마워 성우가 단골 식당에서 한턱냈다.

"이 미장, 공사가 며칠 늦어져도 괜찮습니다. 내일부터 무리하게 일하지 마십시오."

"나도 오늘 깜짝 놀랬습니다. 이 미장, 우리 사회에 황금만능주의가 팽배해 있지만 건강이 최곱니다. 우리가 저승 갈 때 1원짜리 한 장 못 가져가는데, 맨날 일만 하지 말고 우리와 고스톱도 치고 나하고 춤도 추러 다니면서 인생을 좀 즐겁게 삽시다."

성우의 말에 이어 김 목수도 서너 마디 했다.

"예, 좋은 말씀입니다. 알몸으로 태어나 맨몸으로 가는 인생인데, 대중가요 가사처럼 노래도 부르고 술도 한 잔 마시며 즐겁게 사는 사람들이 많지요. 하지만 나는 가난하고 못 배운 아비의 삶이 애들에게 보탬이 되었으면 하는 바람으로 삽니다."

이 미장이 몇 마디 하는 순간 성우의 뇌리에서 이솝 우화 개미와 베짱이가 떠올랐다.

김 목수는 일꾼들 중에서 일당이 제일 많았으나 전세살이를 면하지 못했고, 목수 일이 없을 때는 양복 차림으로 유흥장에 드나들었다. 그리고 공사가 끝나기도 전에 두세 번 가불도 했다. 그러나 이 미장은 아담한 자가에서 가족과 오순도순 살았으며, 미장일이 없을 때도 현장에 나와 막일도 했다.

그날 이후 성우도 건축 기능사 자격증이 3개 있었으나, 이 미장처럼 자신은 물론 아이들의 정신 건강을 위해 기술 기능 분야를 가리지 않고 닥치는 대로 일했다. 그리고 그는 대도무문을 머릿속에 되새기며 삶의 현장에서 매 순간 보고 느끼고 생각하며, 세상을 밝히는 진실한 힘이면 실천한다는 뜻을 가슴에 새겼다.

어느덧 IMF는 서민들이 애지중지 장롱 속에 간직했던 어린 아기의 첫돌 금반지까지 꿀꺽꿀꺽 삼킨 뒤, 커다란 눈을 껌벅거리며 슬며시 뒷걸음질을 쳤다. 하긴 나라가 위기에 처할 때마다 주체는 항상 민초들이었다. 부마 항쟁과 4·19 혁명, 3·1 만세 운동도 도적들이나 간신배 무리가 아닌 민초들이었다. 그러나 언제나 그 후유증은 민초들에게 가혹했다.

직장을 잃은 사람들이 일자리를 찾아 헤맬 때 악덕한 기업가들은 임금 삭감과 노동력을 착취해 배를 더 불렸다. 하긴 우리 사회가 1990년대 말부터 이미 빈익빈부익부 현상을 보이는 불평등 구조가 악화되었고, 악덕 기업가들이 그 기회를 놓칠 리가 만무했다.

IMF 이후 건물을 지어 달라고 성우를 찾아오는 건축주들이 많았고, 그와 같이 일했던 일꾼들도 찾아왔다. 그러나 그는 건축주가 호조건을 제시하며 간촉(懇囑)해도 욕심을 부리지 않았고, 일꾼들의 일당도 깎지 않았다.

한여름 무더위가 기승을 부리던 어느 날, 성우는 1t 트럭을 몰고 공사장으로 가고 있었다. 그런데 산복 도로 편도 1차선 앞쪽에 쓰레기차 한 대가 가다 서다를 반복하며 앞을 막았다. 그래서 그가 추월하려고 핸들을 돌리다가 동작을 멈추었다.

검정색 운동모자를 눌러 쓴 건장한 청년 두 명은 26~29세쯤 되어 보였고, 얼굴 피부가 흰 젊은이를 보는 순간 성우는 눈을 의심했다.

'방학 기간 동안 아르바이트하는 대학생? 아니면 군대를 제대하고 복학하려는 휴학생? 여느 사람들처럼 나도 악취가 풍기는 쓰레기차 근처에도 가지 않는데!'

그들은 썩는 냄새가 코를 찌르는 청소차 좌우에 매달려 가다가 크고 작은 온갖 쓰레기를 청소차에 실은 뒤 또 좌우에 매달렸다. 마치 부정부패와 불법으로 썩은 우리 사회를 정화하듯이!

성우는 멍하니 두 젊은이를 바라보며, 청소차 옆에만 가도 썩는 악취가 코를 찔러 눈살을 찌푸리며 고개를 돌렸던 자기 자신이 부끄럽게 느껴졌다.

'요즈음 우리 사회에 대학 나왔다고 편하고 보수가 많은 직장을 구하려는 캥거루족이 많은데, 자네들이야말로 효자이고 나라의 일꾼이야! 앞으로 자네들이 나라의 일꾼이 되겠다면 내 잊지 않겠네.'

성우는 속으로 중얼거리며 두 젊은이의 얼굴을 눈여겨보았다. 그리고 그들을 우리 사회의 모범 일꾼이라고 생각했다.

그날 그는 공사장에 조금 늦게 도착했다. 그리고 업종별로 현장 점검을 한 후 함바 옆 임시 사무실에 들어갔다.

'하나님도 무심하시지. 요즈음 중부 지방에는 홍수로 집을 잃는가 하면 남부 지방에는 가뭄으로 폭염이 기승을 부리는데, 비를 곳곳에 알맞게 내려주시면 좋을 텐데!'

성우가 에어컨을 켜놓고 속으로 불평을 터뜨릴 때, 사무실 밖 도로에서 불도저 엔진 소리와 클랙슨 소리가 연거푸 들렸다.

"아니 이 삼복더위에!"

그는 또 불평을 터뜨리며 사무실 창문을 열었다.

"쳇! 가을에 하지, 이 불볕더위에 도로포장 공사를 하다니!"

성우는 못마땅한 표정으로 또 한마디 중얼거리며 창문을 닫았다. 그리고 약 1시간 동안 유리창 너머로 도로포장 공사 과정을 구경했다.

도로의 낡은 표면을 깎아 내고 쇄석을 섞은 뜨거운 피치를 도로 위에 깔고, 로드 롤러가 앞뒤로 굴러오기 전에 삽 등으로 피치를 반반하게 고르는 정지 작업.

그는 구릿빛 근육질의 그들을 바라보며, 소금쩍이 엉긴 작업복을 입고 자신과 가족을 위해 열심히 일하는 그들이야말로 우리 사회를 든든하게 떠받쳐주는 버팀돌이라는 생각이 들었다.

성우는 도로포장 공사가 끝나자 손목시계를 들여다보았다. 아직 점심시간 1시간 전이었으나 그는 현장 식당으로 갔다. 그리고 함바 사장에게 중식 반찬이 무엇이냐고 물었다.

"우거지 된장국과 돼지고기 두루치기, 김치와 신선한 채소무침입니다."

"무더위가 연일 기승을 부리는데 일꾼들이 지치지 않게 영양에도 신경 쓰시고 위생에 더욱 신경을 써야 합니다."

"예, 말씀하신 대로 그렇게 하고 있습니다."

"사장님, 부식비가 적으면 말씀하십시오, 더 드리겠습니다."

"아, 아닙니다. 제가 10여 년 동안 함바를 하고 있지만, 사장님처럼 일꾼들 건강을 신경 쓰는 분은 처음입니다."

성우는 김 목수와 이 미장과 한 식탁에 앉아 점심을 든든히 먹었다. 그리고 그들이 오침하러 가자 그는 사무실로 돌아와 의자에 앉았다. 그러나 그는 배가 더부룩해 사무실에서 나와 벚꽃나무 가로수 길을 천천히 걷다가 그늘진 벤치에 앉았다.

"허 참, 삼복더위에!"

성우는 담배 연기를 허공에 길게 내뿜으며 무의식중에 고층 아파트 외벽을 페인트칠하는 중년의 한 남자를 쳐다보았다. 그는 외줄에 작은 나무판을 연결해 앉아 그네를 타듯 아파트 벽면에 페인트칠을 하고 있었다.

"지금은 학처럼 하늘을 훨훨 날지만 목구멍이 포도청이라 목숨을 도모하고 난생처음으로 외줄을 타려고 했을 때, 오금이 저려 오줌을 잘금잘금 지리지는 않았을까!"

성우는 높은 절벽에서 첫 비상하려는 독수리의 모습을 떠올렸다. 그리고 하늘 높이 훨훨 날아오르는 모습도 떠올리며 혼잣말로 중얼거렸다.

페인트공은 벽면 여러 군데 페인트칠이 우툴우툴 일어나 있는 데를 헤라로 긁거나 전기 그라인더로 갈기도, 빠데로 흠집을 메우거나 금이 간 곳을 때우기도 했다.

약 1시간 동안 그는 하늘을 훨훨 날듯, 두 발로 외벽을 밀어 좌우로 왔다 갔다 하면서 초벌 공사를 다했다. 그리고 세 번째 페인트칠이 끝난 다음 날이었다.

아침 해가 떠오를 때 하늘로 세 마리의 학이 날아오르는 벽화는, 콘크리트 외벽을 창공으로 변화시켰다.

성우는 곡예와 예술을 겸비한 중년의 한 남자를 선망의 눈길로 쳐다보며, 그를 우리의 생활 환경을 가꾸는 엘리트라고 생각했다.

한 해를 보내고 춘삼월을 맞은 성우가 1t 트럭을 운전해 벚꽃이 만발한 거리를 지나갈 때마다, 함박눈처럼 벚꽃이 떨어지는 광경을 보며 아름답다고 감탄사를 아끼지 않았다.

길거리에 어린아이와 남녀노소 할 것 없이 즐거워하는 표정을 보며 성우는 지난날을 떠올렸다.

　매년 이맘때면 진해 시내 곳곳에 벚꽃이 만발했고, 그도 가족과 배경이 좋은 곳에서 카메라 셔터를 연신 눌렀다. 그러나 지금은 부산 시내 아니, 전국 곳곳에 무궁화 꽃나무는 눈에 잘 띄지 않아도 벚꽃은 활짝 핀다.

　그날도 성우는 1t 트럭을 운전해 벚꽃이 만발한 거리를 지나갔다. 그런데 그날은 봄바람에 팔랑팔랑 떨어지는 벚꽃이 아름답기는커녕 왠지 그의 눈에 가엾게 보였다. 그래서 그는 바람이 부는 대로 도로 위를 뒹굴다가 길가에 소복이 쌓인 벚꽃이 뭉개질까 봐 차를 멈추고 잠시 생각에 잠겼다.

　'일본 군국주의자들과 그들의 후손들이 왜 벚꽃(사쿠라)을 좋아할까!'

　일제 강점기 때, 일본군 위안부와 강제 징용 노동자들. 그들은 우리나라의 젊은이들이다. 그들 모두 이팔청춘 꽃다운 나이, 벚꽃처럼 아름답게 활짝 피어나는 혈기 왕성한 선남선녀들이었다. 그런데 간교한 쪽발이 군국주의자들의 달콤한 유인으로 동원된, 벚꽃처럼 활짝 피어나는 시기에 가엾게 희생된 그들이다. 그런데 우리들이 일본군 위안부 소녀상과 강제 징용 노동자상을 나라 곳곳에 아니, 세계만방에 왜 건립하지 못한단 말인가? 하긴 우리나라나 일본이나 국민들은 대다수(大多數) 선하고 정직하다. 그러나 우리나라의 몇몇 정치꾼들은 자기들만 부귀를 누리려고 목소리가 큰 도둑들이지만, 일본의 몇몇 정치꾼들은 간교한 날강도 살인광이었던 군국주의자들의 잔류자(殘留者)이다. 그들은 일제 강점기 때 우리의 민족정기를 말살시키려고 한글까지 못 배우게 했다. 그리고 그들이 자국에서 제작 발행한 학생들을 가르쳤던 학습용

지도에 독도가 대한민국 땅이라고 성문화되어 있다. 그러나 그들은 독일 정치인들처럼 지난날의 전쟁 범죄를 뉘우치고 사죄하기는커녕, 지금도 침략(약탈) 근성을 버리지 못하고 역사까지 왜곡하며 독도가 자기네 섬이라고 우기는 세계에서 가장 음험(陰險)한 인간들이다. 그 실증으로 을사조약(1905년)과 진주만 기습 공격, 일본군 위안부와 강제 징용 노동자들, 관동 대지진 조선인 학살 사건 등 피해자들에게 사죄와 보상도 해 주지 않고 그들의 극악무도한 만행을 구허(構虛)날조하고 은폐해도 자국민들의 양심적인 폭로와 증언, 우리들이 갖은 어려움 끝에 밝혀낸 자료이다.

그날 이후, 성우는 봄바람에 팔랑팔랑 떨어지는 벚꽃을 가엾은 마음으로 바라보았다. 그리고 하나님께 그는 간교한 날강도 살인광들의 달콤한 꾐에 억울하게 희생된, 우리네 선남선녀들의 영혼이 편안하게 쉬게 해 달라고 간절한 마음으로 기도했다.

어느덧 정수가 국회 의원이 된 지 3년이 지나갔다. 그동안 아니, 그 전부터 성우와 친구들의 가정에 변화가 많았다. 각 집의 아이들은 성인이 되었고, 정수의 막내아들만 중학생이었다. 그는 외할아버지와 가족의 사랑을 듬뿍 받았으나 큰형인 정태는 이모가 아니, 계모가 낳은 동생이라며 미워했다. 그래서 정수는 복녀의 유언을 정태에게 말했다. 그러나 정태는 아들의 아픔이 자신의 잘못이라며 혼자 가슴앓이를 했던 엄마의 빈자리를 이모가 메울 수 없다며 정수의 설득을 완강히 거부했다.

기철의 가정엔 연년생인 정숙과 영숙은 사춘기 때부터 공부는 뒷전이었고 외모에 신경을 썼다. 그리고 정숙은 여고 졸업 후에 미혼모가 되었고, 영숙은 졸업 전에 임신 중절 수술을 받았다.

"자넨 아이들이 말썽을 안 부리니 복이 많은 사람이야."

"이 사람아, 자네 부부가 아이들에게 신경을 좀 쓰지."

기철은 대낮에 얼큰하게 취해 성우를 찾아가 신세타령을 했다.

"아무리 말해도 아이들이 안 듣는데 어떡해?"

"누굴 탓하겠어, 옛날에 자네들이 그랬잖아?"

딸 바보인 기철이 푸념하자 성우가 부아를 돋웠다.

언제부터인지 꼬집어 말할 수는 없지만 성우는 권력도 부도 명예도 부러워하지 않았다. 그가 아무 근심 걱정 없이 편안한 마음으로 살던 어느 날 기철이 집을 한 채 지어 달라고 말했다.

"내가 지금 공사를 하고 있는데 다른 사람한테 부탁해."

"이 사람이 배가 부르나, 나는 자네를 생각해서 부탁했는데?"

"고마워, 하지만 난 욕심을 부리지 않고 내 분수대로 살아."

"그럼, 지금 하는 공사 빨리 끝내고 좀 지어 줘. 변두리인데 건평이 여섯 평 정도, 방 하나 부엌 하나 벽도 안 바르고 시멘트 블록을 쌓아 슬레이트 지붕만 얹으면 돼."

기철의 말을 듣는 순간 성우는 집이 아니라 창고라는 생각이 들었다.

"뭐, 미장 한 명이 이삼 일 하면 끝날 일을 나에게 해 달라고?"

"나도 반듯하게 좀 크게 지으려고 했는데, 아버지가 농막같이 방구들도 난방용 호스도 깔지 말고 지으라고 말씀하셨어."

성우는 친구의 부탁을 거절하고 싶었다. 그러나 그의 입에서 아버지란 말을 꺼내는 순간 그는 두말하지 않았다.

"그래, 거기가 어딘데?"

"기장 못 가서야, 시간이 되면 내일 나하고 같이 한 번 가보자."

"거긴 농촌 지역인데, 아버님은 농부가 아니잖아?"

"응, 아버지가 소일거리로 나무도 좀 심고 닭도 수십 마리 키울 생각인가 봐."

"알았어, 내일 자네하고 같이 가 보자. 친구라도 자재 값과 시공비는 받아야 돼. 약 4백만 원 정도, 아무리 날림 공사라도 이틀은 걸려."

성우는 자재 값으로 선급금으로 2백만 원을 받고, 다음 날 기철과 집을 지을 곳으로 갔다. 그곳은 그의 생각대로 농촌 지역이었고, 허름한 옷차림으로 곳곳에서 밭일을 하는 노인들이 눈에 띄었다.

성우는 열흘 만에 공사하던 일을 끝내고 일꾼들과 시멘트 블록과 슬레이트를 싣고 일할 곳으로 갔다. 그리고 다음 날 이른 아침부터 블록을 쌓고 5시간쯤 시멘트를 굳힌 뒤, 오후 3시 경에 슬레이트 지붕을 얹었다.

그런 일은 성우에게 공사도 아니었고, 산기슭에 작은 아담한 집 한 채가 들어섰다.

저녁에 그는 시공비 2백만 원을 받으러 국회 의원 길정수 사무실로 갔다. 기철은 잔금을 준 뒤 성우의 손을 붙잡으며 이야기 좀 하자고 말했다.

"무슨 말, 우리가 얼굴을 맞대고 이야기를 하면 쌀이 나와, 돈이 나와? 내일 아침 일찍 일하러 가야 돼."

"아따, 이 사람아, 나를 너무 무시하지 마. 내 말에 쌀도 나오고 돈도 나올 수 있어."

성우가 한마디 하며 일어섰으나 그가 또 붙잡아 앉혔다.

"자네 무시한 적 없어. 무슨 이야기인데 말해 봐."

"자네 몇 년 동안 하루도 쉬지 않고 일했는데, 그동안 돈 많이 벌었지?"

기철은 붙잡았던 손을 놓으며 물었다.

"이 사람이, 지금 무슨 소리 하고 있어? 자네는 투잡으로 나보다 돈 더 많이 벌었잖아?"

"그래, 자네 거기에 집 지으면서 바로 앞 큰 밭에 묘목을 수십만 그루 심어 놓은 것 봤어?"

"응."

"거기가 관광 단지가 들어설 자리야."

"뭐, 뭐라고?"

"나무는 농작물보다 보상을 더 많이 받고 심어 놓기만 하면 돼. 그래서 내가 거기에 집을 지어 놓았어. 그러니 자네도 은행에 돈을 예금해 놓지 말고 나처럼 거기에 농지를 헐값에 수천 평을 사 놓고, 이삼 년만 묵혀 두면 수십억 원도 벌 수 있어. 어때, 내 말이 꿀보다 더 달지 않아?"

"……."

"이 정보는 극빈데, 관심이 없어?"

성우는 할 말을 잃고 기철의 얼굴만 멍하니 바라보았다. 그리고 그는 누구의 정보냐고 물으려다가 묻지 않았다.

"나는 머슴처럼 돈벌이만 하러 다니지 돈 관리는 애들 엄마가 다 해."

"하긴 효욱이 엄마는 우리보다 유능하고 모든 일에 해박하니 이런 일엔 관심이 없을 거야."

성우는 더 이상 그와 이야기하기도 마주 앉아 있기도 싫었다. 그가 자리를 박차고 일어설 때 정수가 웃는 얼굴로 사무실에 들어섰다. 그런데 성우의 눈에 그가 낯선 사람 같아 보였다. 국회 의원 감원과 비례 대표 제도와 특권 폐지, 무노동 무임금제 등의 법안을 발의해 고착화시키려고 한 그가 아니었다.

정수가 "자네, 오래간만이야."라고 한마디하며 바른손을 내밀었으나, 그는 친구의 얼굴을 멀뚱히 바라보았다.

"자네, 정수 오래간만에 만났는데, 왜 그래?"

기철이 동그란 눈으로 성우를 보며 물었으나, 그는 악수를 하지 않았다. 그리고 그는 의자에 앉지도 않았다.

"아니야, 내가 호기장담한 말을 지키지 못해 자네들 볼 면목이 없네."

"야, 친구끼린데 뭘 그래."

"뭐, 친구끼리?"

기철의 말을 성우가 되받아쳤다.

"지난날 내가 기철이 자네한테 친구는 영혼을 같이 해야 한다고, 우리가 오래 살기보다 어떻게 사느냐가 더 중요하다고 말했을 거야."

"응, 그런 말 했지."

"정수 자네 냉정히 한 번 생각해 봐. 자네가 국회 의원이 되려고 할 때 우리에게 무슨 말을 했지?"

"이 사람아, 그 말을 우리가 나라에 도적들과 날사기꾼들 귀에 못이 박힐 정도로 했으니, 이제 그만해."

성우의 물음을 기철이 가로막았다.

"정치에도 철학이 있고 삶에도 순리가 있다고 말했을 거야."

"내가 입이 열 개라도 할 말이 없네. 앞으로 자네 말 명심하고 바르게 할 테니 나를 한 번만 더 도와 줘. 못난 친구의 마지막 부탁이야."

"이 사람아, 자네를 국회에 보낸 사람은 내가 아니라 우리 지역구의 유권자들이야. 그분들에게 머리 숙여 앞으로 잘하겠으니 한 번만 더 국회 의원이 되게 해 달라고 부탁해."

성우는 선 채로 친구에게 말한 뒤 집으로 돌아갔다.

9. 인생의 길벗

 황금빛 햇살이 이랑지는 파도 위에 찬란히 부서지고 있었다.
 성우는 갯바위 위에 앉아 낚싯바늘에 지렁이 미끼를 꿰어 수면 멀리 던졌다. 그리고 낚싯줄을 드리우고 있었으나, 물고기도 세월도 아닌 큰 바위 틈에 뿌리를 내린 잎이 푸른 해송을 바라보며 사색을 낚고 있었다.
 '지금은 샛바람이 부는 대로 파도 소리에 장단을 맞춰 온몸으로 너울너울 춤을 추지만, 흙도 담수도 없는 기암 틈새에서 대솔씨가 어떻게 뿌리를 내렸을까? 자연의 가혹한 악조건은 씨가 싹틀 때 어떤 영향을 끼쳤을까? 뜨거운 햇볕이 쨍쨍 내리쬐는 가뭄 때 온 세상이 꽁꽁 얼어붙은 혹한기에, 거센 폭풍우가 밤낮으로 휘몰아칠 때 맨몸으로 어떻게 버티었을까?'
 성우가 밑동이 굵고 전신이 기묘한, 자연과 어울리게 멋진 자태로 춤을 추는 광경을 바라보며 사색하고 있을 때였다. 그의 등 뒤 바로 뒷산에서 요란한 기계톱 소리가 들렸고, 한참 만에 소나무 수십 그루가 무참하게 넘어가는 둔탁한 소리도 연달아 들렸다. 그 순간 그는 반사적으로 고개를 돌렸다.
 양지 바른 비옥한 토양에서 자란 키가 15m가량 되고 굵기도 한 아름이나 되는, 멧갓에서 자란 소나무를 벌목공들이 기계톱으로 다섯 등분으로 나누어 잘라 쌓았다. 그리고 소나무 재선충 박멸제를 뿌린 뒤 공기가 통하지 않게 검은색 비닐 피복(被覆)을 덮어씌웠다.

　성우는 그 광경을 멀거니 바라보며 대통령이었던 그들이 수갑을 차고 교도소에 들어가는 초라한 모습을 떠올렸다.

　'쳇, 뭐가 부족해서 손목에 백금 팔찌까지 찼을까!'

　성우는 멍한 눈으로 재선충에 감염된 소나무를 베어 낸, 뒷산 중턱 텅 빈 곳을 바라보며 속으로 한마디 중얼거렸다. 그리고 그는 고개를 돌려 큰 바위 위에 키가 10m쯤 된 짠물을 먹으며 온갖 시련을 겪은 해송을 바라보았다.

　'소나무 재선충이 해송을 갉아 먹으려고 단단한 체질 아니, 소금물에 찌든 단단한 겉껍질을 뚫으려고 한 입 깨무는 순간 이와 턱이 망가지지나 않았을까!'

　성우는 푸른 해송의 성장 과정이 자신과 흡사하다고 생각했다. 그리고 그가 이런저런 지난날을 떠올릴 때 낚시찌가 바닷물 속으로 쑥 들어갔다. 그 순간 그가 잽싸게 챔질을 하며 재빠르게 릴을 감았다. 그러나 낚싯줄이 팽팽하게 당겨질 때의 짜릿한 손맛을 잠시 느꼈을 뿐, 그는 고등어 입에 꿰인 낚싯바늘을 빼내고 놓아주었다. 그리고 그는 보고 느끼고 생각한 사색만 머릿속에 담아 집으로 돌아갔다.

　저녁 식사 후, 성우는 아내와 모처럼 마주 앉아 차를 마시며 오붓한 시간을 가졌다.

　"며칠 전에 어머님께서 효욱이, 효숙이 혼기가 꽉 찼다고 말씀하셨어."

"나도 그 말씀을 들었어요. 그래서 내가 어머님의 손자 손녀는 공부도 잘하고 인물도 좋아, 중매인이 재벌가의 자녀들과 짝지어 주려고 전화한다고 말씀 드렸어요."

"뭐, 마담뚜가 전화했다고?"

"네, 우리 사회에서 권력가나 재벌가의 자녀와 결혼해 불행해진 사람들이 있잖아요? 그래서 내가 마담뚜에게 공작이 날개를 화려하게 활짝 펴고 유혹해도, 잡새는 몰라도 학은 거들떠보지도 어울리지도 않는다고 말했어요."

"맞아, 결혼은 사랑하는 사람하고 해야 돼. 그래야 한평생 행복하게 살 수 있어. 그건 그렇고 씨는 속일 수 없다는 속담처럼 애들이 인물도 좋고 공부 잘하는 것은 당신 닮아서 그래."

"당신 나보다 못생겼다고 생각해요? 우리 효숙이 얼굴도 잘생겼고 공부도 잘하지만 성격도 당신 영판이에요. 당신 대입 검정고시를 준비할 때 코피가 나도 불굴의 의지로 포기하지 않고 밤을 새며 열심히 공부했잖아요? 그리고 당신을 보며 느꼈지만 명문대 출신이든 검정고시 출신이든 배운 곳이나 학위가 중요하지 않다고 생각해요. 요즈음 우리 사회에 명문대를 나온 권력자도 대학교수도 죄를 지어 징역을 살고 있잖아요?"

"그래서 철학자들이 우리가 무엇이 되기보다 어떻게 사느냐가 더 중요하다고 말하잖아."

그들 부부가 마주 앉아 이야기를 나눌 때 전화벨 소리가 울렸다. 정수였다. 그는 기쁜 일이 있어 친구들과 부부 동반 모임을 갖기로 했다며, 성우에게 은혜와 약국 옆 지하 카페로 나오라고 말했다.

성우는 배도 부르고 마음도 내키지 않았다. 그가 전화를 끊고 갈까 말까 잠시 망설이고 있을 때 전화기 벨 소리가 또 울렸다. 이번엔 금옥이 은혜와 같이 나오라고 말하자 그는 마지못해 혼자 그곳으로 나갔다.

탁자 위에 술병과 안주가 놓여 있었고, 정수와 복순이가 성우를 반갑게 맞았다.

"자, 내 술 한 잔 받아."

"효욱이 엄마와 왜 같이 안 왔어?"

정수가 맥주잔에 술을 따를 때 기철이 물었다.

"응, 집사람은 가족 모임이 아니면 참석 안 해."

"엊그저께 길에서 효욱이 엄마 만났는데 우리와 나이가 같지?"

"응, 나하고 동갑이야."

성우가 대답을 한 뒤 맥주를 한 잔 쭉 들이켰다.

"여자들은 60세가 되어 가면 얼굴부터 늙는다는데, 효욱이 엄마는 미인이라서 그런지 주름진 얼굴도 정말 곱게 보였어."

"어머나, 미인 얼굴에 주름이 생겼어요? 나처럼 미리 성형외과에 갔으면 주름이 안 생겼을 텐데!"

"당신 말조심해, 효욱이 엄마는 당신하고 달라."

"네에, 효욱이 엄마하고 나하고 뭐가 달라요? 당신이 내 얼굴을 보며 세월은 못 속인다고 해 내가 성형을 했잖아요?"

기철이 가볍게 아내를 핀잔하자 그녀가 따졌다.

"쳇, 오팔 세대가 실 리프팅으로 안면 주름을 제거했다고 얼굴이 젊어 보이고 마음도 젊어지나? 솔직히 말해 요즈음 여자들 나이와 상관없이 진화장한 가면을 뒤집어쓰고 살지, 제 모습으로 제정신으로 사는 사람 얼마나 돼? 그리고 나이 든 사람들의 젊음은 얼굴에 주름살이 생겨도 구김살이 없고 항상 밝은 표정이야."

"어허, 부부가 입씨름하려고 여기에 왔나? 이 사람아, 내 술잔이 비었어."

성우의 말에 기철이 술을 따르며, 정수에게 물었다.

"자네 기쁜 일이 있다며, 무슨 일이야?"

"응, 장인께서 이번에도 정당 공천을 받게 해 주겠다고 말씀하셨어."

정수의 말에 성우는 속으로 '쳇, 권력에 중독되었나!'라고 한마디 중얼거린 뒤, 술 한 잔을 단숨에 들이켰다. 그리고 빈 잔을 탁자 위에 놓는 순간 복순이가 술을 따르며 한마디 했다.

"성우 씨, 우리 정태 아빠 이번에도 잘 좀 도와주세요."

"내가 도와주고 말고 할 힘이 있습니까? 정수가 알아서 하겠지요."

"이 사람아, 정치인이 또 되려고 했으면 민심을 잃지 않아야지."

성우의 말꼬리를 기철이 답삭 물었다.

"자네가 도와주던 사람들이 날 찾아와 당선이 되고 난 뒤부터 도움도 끊어 버리고 얼굴도 볼 수 없다며, 정치꾼들 말은 믿을 수가 없고 그놈이 그놈이라고 다들 자네 얼굴에 침 뱉듯이 말했어."

기철의 말을 들으며 성우는 마음속으로 한 번 속지 두 번 안 속는다고 다짐했다.

"이 사람아, 변명 같지만 초선 의원이 된 날부터 나도 하는 일 없이 눈코 뜰 사이 없이 바빴어. 앞으로 자네들 기대 아니, 나를 믿고 지지해 주는 유권자들과 약속을 꼭 지킬 테니 이번에 한 번만 더 나를 도와 줘. 응? 성우 말마따나 우리는 영혼을 같이 하는 친구잖아?"

"나도 자네를 도와주고 싶어. 하지만 유권자들에게 가까이 다가가기엔 자네가 너무 멀리 있는 것 같애."

"무슨 말이야? 나를 못 도와주겠단 말이야?"

기철의 말에 정수가 언성을 높여 물었다.

"자네 2년 전에 정기 국회 때 한 말 생각 안 나?"

"무슨 말, 뜸들이지 말고 말해 봐?"

"점심때가 지났으니 밥 먹고 하자고 말했잖아?"

"내가 그런 말을 한 적이 없는데, 누구한테 들었어?"

"누구한테 듣긴, TV 생중계했는데 내가 직접 봤어. 그리고 자네가 도와준 사람들도 봤다고 말했어."

"아~ 그때, 아침에 일어나 회의에 늦을까 봐 물도 한 모금 안 마시고 국회까지 갔었는데, 배가 너무 고파서 한 말인데 잘못이야? 방송국 이 새끼들 그런 것까지 생중계로 내보내! 그래서 자네도 나를 못 도와주겠다는 거야?"

"……."

정수가 거친 말을 내뱉으며 물었으나 기철은 대답하지 않았다.

"왜 대답이 없어? 자넨 음으로 양으로 내 덕 많이 봤잖아? 그리고 영혼을 같이 하는 친구라면서, 달면 삼키고 쓰면 뱉어?"

"이 사람아, 자네 말이 좀 지나치지 않아?"

정수가 입에 거품을 물고 묻는 말에 성우가 한마디 거들었다. 그리고 그가 한마디 더 부언했다.

"지난날 내가 정치에도 철학이 있고 삶에도 순리가 있다고 말했잖아?"

"알았어, 그만해. 자네들이 안 도와줘도 비례 대표 제도가 있어."

그날 이후 정수는 여러 번 성우에게 전화를 걸어 도와 달라고 간청했다. 그러나 성우는 자신의 소신대로 그의 부탁을 거절했다. 그리고 그는 가난을 면하려고 건축 청부업자가 되었을 때를 떠올렸다.

어느 누구도 성우에게 집을 지어 달라는 사람은 없었고, 그는 어머니의 소개로 외사촌이 집을 한 채 신축할 때 첫 삽을 떴다. 그는 설계 도면을 꼼꼼히 확인하며 공사했고 계약 기간 안에 일을 끝맺었다. 성우의 외사촌은 만족감을 지인들에게 말했고, 집을 세 채 짓고 난 뒤부터 지금까지 공사를 계속하고 있었다. 그는 한 공사가 끝나면 또 한 공사를 맡았고, 그렇게 3년이란 세월이 지나갔다.

그동안 성우의 자식들은 좋아하는 사람과 결혼했고, 기철도 헐값에 사 놓은 수천 평의 농지가 동부산 관광단지로 조성되고 있었다.

기철은 물론 딸들 앞으로 40평짜리 신축 아파트를 한 채씩 사 주었고, 최고급 승용차도 한 대 사서 타고 다녔다. 그리고 그는 가끔 성우에게 전화를 걸어 어디에서 일하고 있느냐고 물었고, 공사 현장 임시 사무실에 찾아가 차를 마시며 대화를 나누었다.

"이 사람아, 사람은 초년보다 노년이 편안하고 행복해야 돼."

"그 말은 맞아, 초년고생은 사서라도 한다는 말도 있잖아."

"그때 내가 극비 정보를 알려줄 때 자네도 두 눈 꾹 감고 농지 몇천 평을 사 놓았으면, 하루 종일 공사판에서 먼지를 뒤집어쓰지도 않고 나처럼 노년을 편안하게 행복하게 살 수 있었을 텐데, 자넨 너무 고지식한 게 문제야."

기철의 말을 듣는 순간 성우는 할 말이 많았다. 그러나 유명 브랜드 옷에 다이아몬드 반지와 금시계까지 차고 있는 그에게 이야기해 봤자

쇠귀에 경 읽는 격이라는 생각이 들었다.

"자네 2억짜리 건물 하나 지으면 얼마나 벌어?"

"공사비의 8, 9% 정도."

"그 정도면 돈 벌이가 괜찮은 편이네?"

"응, 하지만 겨울에는 건축 일이 거의 없어."

"그래, 그런데 자네는 다른 청부업자들처럼 두세 군데 겹치기 공사를 왜 안 해?"

"이 사람아, 세상에 돈 싫어하는 사람 있나? 하지만 부실 공사를 하지 않으려면 내가 현장을 지키고 있어야 돼."

"그래서 자네에게 건축 공사를 맡기면, 지 일 같이 한다는 소문이 동네방네에 자자했구만! 정치는 자네 같은 사람이 해야 마땅비로 아니, 불도저로 범죄의 온상을 싹 밀어 버릴 수 있고 좀도적들까지 근절할 수가 있는데, 안 그래?"

"자식, 정치는 나라와 국민을 위해 일하는 일꾼들이 해야 하는데, 도적들이 정권을 잡으려고 패싸움을 일삼으니 민생들의 삶이 고될 수밖에!"

성우는 세속적 야욕을 버리고 하루하루 편안한 마음으로 살았다. 그렇게 그는 그해 겨울을 보내고 봄을 맞았다.

어느 날 오전, 기철이 전화로 사업 파트너의 집을 한 채 지어 달라고 말했다. 성우는 설계 도면도 보고 공사 계약서도 작성하려고 그가 가르쳐 주는 곳으로 갔다.

고층 건물이 빽빽한 광복동 빌딩촌, 성우는 한 빌딩 3층 사무실에 들어서는 순간 눈이 휘둥그레졌다.

9. 인생의 길벗

사무실인지? 응접실인지!

넓은 사무실 좌측에는 책상 두 개가 놓여 있었고, 한가운데는 고급 응접세트 한 조가 놓여 있었다.

"어떻게 오셨습니까?"

컴퓨터 앞에 앉아 있던 아가씨가 일어서며 성우에게 묻는 순간, 40대 여자와 소파에 앉아 있던 기철이 "어서 와, 이리로 와 앉아."라고 한마디 했다.

성우가 네댓 걸음 걸어 그들 앞에 놓인 소파에 앉자 기철이 옆에 앉아 있던 그녀를 소개시켜 주었다. 그때였다. 컴퓨터 앞에 앉아 있던 아가씨가 차 한 잔을 쟁반에 받쳐 들고 와 성우 앞에 놓았다.

"친구야, 차부터 한 잔 해."

"이게 설계 도면인가?"

성우가 탁자 위에 놓인 도면을 보며 물었다.

"응."

그는 차를 마시며 설계 도면을 꼼꼼히 확인했다. 그리고 그가 차를 다 마신 뒤 공사 기간과 공사비를 말했다.

"어머, 공사비가 2억 8천만 원이라고요? 다른 청부업자들은 2억 5천만 원만 달라고 하던데요."

"그래요, 저도 그 돈으로 집을 지어 드릴 수 있습니다. 하지만 그런 공사는 하지 않습니다."

"박 사장님께서 친한 친구분이라고 말씀하시던데, 3천만 원만 깎아주세요, 네?"

"미안합니다. 저는 공사에 친분을 가리지 않습니다."

"김 여사님, 이 친구는 몇십 억이 생긴다 해도 양심에 반하는."

"자네, 공사와 관계없는 말은 하지 말게."

성우가 기철의 말을 가로막았다. 그리고 그가 "이만 먼저 실례하겠습니다."라고 부언하며 자리에서 일어나려고 할 때, 기철이 "이 사람아, 김 여사님도 자네가 어떤 사람인 줄 모르고, 자네도 김 여사님이 어떤 분인 줄 모르잖아? 그래서 내가 중간에 끼어들었어."라고 말하는 순간 성우는 엉덩이를 떼다가 다시 앉았다.

"공사 계약서와 영수증보다 자네 말 한마디가 자기앞 수표잖아?"

기철의 말대로 성우는 영수증도 공사 계약서도 작성하지 않았다. 그리고 건축 공사는 순조롭게 진행되었다.

포클레인으로 집터를 파고 거푸집을 짜고 철근 공사가 끝난 뒤 콘크리트를 타설했다. 그리고 보름 만에 2층 골조 공사를 끝마쳤다. 그러나 그는 콘크리트가 단단하게 굳을 때까지 현장에 출근했고, 하도급자도 출근해 성우와 공사장 곳곳을 점검했다. 그동안 기철도 김 여사와 현장에 자주 나타났고, 김 여사가 바쁜 일이 있다며 혼자 먼저 간 뒤였다. 그들은 근방의 한 다방에서 커피를 마시며 이야기를 나누었다.

"이 사람아, 광복동에 임대료가 비쌀 텐데 왜 거기에 사무실을 차렸어?"

"아니야, IMF 이후 대부분 빈 사무실이고 임대료가 너무 싸서 거기에 차렸어."

"그래, 무슨 업종인데?"

"부산 경남 지역에 조달청이나 공작창에 부품을 납품해."

"그건 그렇고 자네, 김 여사와 골프도 치러 다니며 친하게 지내던데,

그 여자 어디에서 만났어?"

"증권 거래소에서, 그 여자 혼자 사는데 겉모습과 달리 야무지고 옹골차. 그리고 그 여자도 교인이야."

"뭐! 교인?"

기철의 말에 성우가 동그란 눈으로 물었다.

"응."

"요즈음 신앙인들 중에서 간혹 돈이 많은 유부남을 노리는 꽃뱀이 있다던데 자네 조심해."

"이 사람아, 나도 산전수전 다 겪은 사람이야. 김 여사 그런 사람 아냐."

"그래, 자네하고 나이 차이가 꽤 나던데, 아무튼 혼자 사는 여자이니 자네가 잘 돌봐 줘."

"그렇잖아도 내가 누이동생처럼 잘 돌봐주고 있어."

기철의 말에 성우는 김 여사의 외모를 떠올렸고, 독실한 신앙인의 모습이 아니라는 생각이 들었다.

약 두 달 만에 건축 공사가 끝났다. 성우의 생활은 변함이 없었고 날마다 건축 현장에서 먼지를 뒤집어쓰며 살았다. 그는 그런 삶을 살아도 정치인이 된 정수도 떼부자가 된 기철도 부러워하지 않았다.

어느 날 밤, 성우가 피곤해 일찍 잠자리에 들려고 할 때였다.

"여보, 낮에 정숙이 엄마가 집에 다녀갔어요."

부엌일을 끝내고 방안에 들어온 성우의 아내가 한마디 했다.

"그래, 부잣집 사모님이 우리 집에 무슨 일로?"

그가 여름용 이부자리를 펴며 물었다.

"글쎄, 정숙이 아버지가 이혼장에 도장을 찍으라고 닦달해서 도망쳐 나왔대요."

"뭐! 이혼장에 도장을 찍으라고 닦달을 해?"

"네, 당신 기철 씨에 대해 정말 아무것도 몰라요?"

"응, 친구지만 그 사람 사생활을 내가 어떻게 알아."

그날 밤, 은혜는 정숙이 엄마에게 들은 말을 성우에게 다 이야기했다.

'여자들은 배우고 못 배우고 잘나고 못나고 나이가 들면 배움도 필요 없고 몸도 뚱뚱해지는데, 기철이가 왜 이혼하려고 할까?'

그가 밤늦도록 곰곰이 생각해 보아도 기철의 마음을 이해할 수가 없었다.

다음 날 성우는 현장 사무실에서 전화를 여러 번 걸었다. 그러나 기철은 오전 내내 집에도 광복동 사무실에도 없었고 휴대폰도 받지 않았다.

오후부터 작업 현장은 부산했다. 레미콘차가 경적을 울리며 연이어 현장에 드나들었고 콘크리트 펌프 카가 으르렁 소리를 지르며 3층에 타설 작업을 하기 시작했다.

성우는 장화를 신고 현장을 지켜보며 긴 막대기를 든 일꾼들에게 기포가 생기지 않도록 작업을 지시했다. 타설 작업은 약 1시간 동안 계속되었고 일꾼들이 눈코 뜰 새 없이 바쁠 때 휴대폰 벨 소리가 울렸다. 그러나 그는 현장 굉음에 묻힌 벨 소리를 듣지 못했다.

약 2시간 만에 타설 작업이 끝났다. 현장에서 일꾼들이 막걸리 한 사발을 쭉 들이키며 휴식을 취할 때, 성우의 잠바 호주머니 속에 들어 있던 휴대폰 벨 소리가 울렸다.

"이 사람아, 내가 전화를 여러 번 했는데, 왜 이제 받아?"

"미안하다 미안해, 조금 전까지 너무 바빠서 휴대폰 벨 소리를 못 들었어."

"그래, 무슨 일로 나에게 여러 번 전화했어?"

"일은 무슨 일, 자네 발걸음이 뜸해서 전화해 봤어."

"요즘 사업이 바빠서, 지금 자네 현장 바로 앞이야."

"호랑이도 제 말하면 온다 하더니……."

성우가 말끝을 흐리는 순간 기철과 김 여사가 탄 승용차가 현장 사무실 앞에 멈추어 섰다. 그리고 그들은 밝은 모습으로 악수하며 인사를 나누었다.

"자, 막걸리 한 잔 해."

"아 아니, 생각 없어."

성우가 현장 사무실 의자에 앉아 바른손에 탁주 병을 왼손에 사발을 들고 권했으나 그가 사양했다.

"자네 왜 그래? 옛날엔 잘 마셨잖아?"

기철이 사양하는 순간 김 여사가 바쁜 일이 있어서 먼저 실례하겠다고 말했다. 그리고 그녀가 종종걸음으로 사라진 뒤였다.

"자네, 약 도매상에 친한 사람이 있으면 비아그라를 좀 구해주라."

"뭐, 비아그라? 자네 성생활에 문제가 있어?"

"아니 없어. 조금 필요해서 그래."

"이 사람이, 약을 구하려면 약국에 가든지 병원에 가야지, 나에겐 모래와 시멘트뿐이야."

"의사에게 사정 이야기를 해도 한 알밖에 처방 안 해 줘."

"60세가 넘은 노인에게 의사가 비미 알아서 처방해 줄까? 자네가 요구하는 대로 의사가 처방해 주었다가, 성행위 중에 자네가 뇌졸중이나 심장 마비로 복상사(腹上死)한다면 의사 책임인데, 자네라면 그렇게 처방해 주겠어?"

"그건 그렇고, 먼지만 날리는 데서 이야기하니 목이 컬컬한데 자네 오늘 요릿집에서 한잔 사게."

"뭐, 요릿집에서? 이 사람아, 자네는 고급 승용차를 타고 다니는 부자지만 나는 1t 트럭을 끌고 다니는 노동자야. 그냥 우리 여기서 막걸리나 마시며 이야기하세."

"막걸리가 우리나라 고유한 술이지만, 몇 잔 마시고 트림하면 그 냄새 정말 지독해. 그래서 나는 막걸리는 안 마셔. 그리고 자네, 이제 보니 고바우 영감이구먼!"

"이 사람아, 말년에 남한테 아쉬운 소리를 안 하고 살려면 고바우 영감처럼 살아야 하지 않겠나?"

"알았어, 알았어. 어서 옷이나 갈아입어. 내가 한잔 살게."

기철이 일어서며 한마디 했다.

"자네 말은 고맙지만, 오늘은 효욱이 엄마와 어디 갈 데가 있어. 그건 그렇고, 우리 오래간만에 만났는데 앉아서 이야기 좀 해."

"무슨 이야기?"

그가 엉덩이를 뗐던 의자에 다시 앉으며 물었다.

"요즈음 자네 집에 안 들어간다면서?"

"누가 그런 소리를 해?"

"내가 오늘 자네 만나려고 집에 전화했더니 정숙이 엄마가 말하더라."

"이 여편네가 소갈머리 없이 집안일을 떠벌리다니, 그래서 내가 이혼하려고 해."

"뭐, 이혼? 요즈음 노인들이 황혼 이혼을 더러 한다던데 자네도 한번 해 보려고? 이 사람아, 자네는 좀 참아. 자네가 정숙이 엄마를 사랑해서 결혼했잖아?"

"그땐 그랬지, 지금 생각하니 첫사랑에 홀딱 빠졌던 지난날이 후회가 돼."

"이 사람아, 자네가 보기에 다른 부부들은 다 다정하고 행복하게 사는 것 같아 보이지? 그렇지 않아, 부부끼리 서로 조금씩 이해하고 부족함을 보완하며 살아. 그렇게 해야 가정이 편안하고 자기들의 인생도 행복해지기 때문이야."

"자네 말이 맞아. 그래서 나도 어지간한 것은 이해하고, 정숙이 엄마를 들볶으며 나무랐지만 그때뿐이었어. 정숙이와 영숙이가 바르게 자라지 못한 비뚤어진 품행을 보면 알 수 있잖아?"

"나 원 참, 대학 나온 사람이 그것도 몰라? 옛날에 자네가 그랬듯이 딸은 아빠를 닮잖아. 그런데 정숙이 엄마를 왜 탓해?"

"이 사람아, 딸들이 자랄 때 어미가 신경을 조금만 썼더라면 우리도 행복한 가정을 이루고 살 텐데, 난 자네가 부러워. 부모 속 안 썩이고 반듯하게 자란 효욱이와 효숙이가 행복하게 잘산다 하니 내 자식이 잘된 것 같이 나도 기뻐. 우리 정숙이 엄마가 효욱이 엄마 성품을 반만 닮았어도 내 인생이 달라졌을 거야."

"자네, 착각 좀 하지 마. 효욱이 엄마는 마님이고 난 머슴이지만, 자네는 집안의 대감이고 정숙이 엄마는 하인이잖아? 솔직히 말해 자네가 헐값에 산 수천 평의 농지에 정숙이 엄마가 농부처럼 묘목도 심고 가꾸었잖아, 내 말이 틀렸어?"

"그래서 내가 정숙이 엄마하고 이혼하려고 해."

"뭐, 뭐라고, 자네가 시켰잖아?"

"남편이 시켜도 법에 어긋난 짓은 하지 말아야지."

"그래, 그럼 자네가 일깨워 주지."

"그때 난 마음이 들떠 제정신이 아니었어."

"허 참, 정숙이 엄마의 지고지순한 사랑 이야기네. 그건 그렇고, 자네 이혼하면 혼자 살 거야?"

성우는 그의 의중을 떠보기 위해 물었다.

"아니야, 효욱이 엄마 같은 여자 만나 행복하게 살 거야."

"그래, 그 사람 혹시 김 여사 아냐?"

성우는 어림짐작으로 그의 마음을 넘겨짚어 보았다.

"응, 맞아."

"뭐, 자네 여자 보는 눈이 그 정도밖에 안 돼? 내가 보기엔 얼굴은 성형외과에서 갈아엎은 40대이고 몸은 비리갱이 무슨 기형 조형물 같았어. 그 여자에 비하면 정숙이 엄마는 정말 순진하고 청순한 여자야."

"오늘 자네답지 않게 외모를 보고 사람을 평하다니, 김 여사, 대학 교육을 받은 지성인이야. 그래서 나도 말년에 정신이 올바른 여자와 행복하게 한 번 살아 보고 싶어."

"그래? 자네한테 한마디만 더 물어보자. 교회의 집사라는 젊은 여자가 나이가 많은 자네를 왜 좋아할까?"

"그야 자기를 아껴 주고 내가 능력이 되니까 좋아하겠지."

"맞아, 바로 그것 때문이야."

"뭐가 그것 때문이란 거야?"

"내 말 무슨 뜻인지 몰라서 물어? 그 여자, 가정을 파괴하는 꽃뱀이야!"

"뭐~ 뭐라고! 꽃뱀?"

"그래, 자네 언제까지 방황하고 살 거야? 지금까지 살면서 죄 많이 지었잖아?"

"내, 내가 무슨 죄를 많이 지었다고 면박해?"

"이 사람아, 남의 집에 들어가 금품을 훔치지 않아도 법을 어기면 다 죄야. 법의 서슬이 시퍼렇게 날이 서 있었으면 농부가 아닌 자네가 헐값에 수천 평의 농지를 사고, 정숙이 영숙이 앞으로 아파트도 한 채씩 사주었겠나?"

"나만 그리 사나? 요즈음 우리 사회에 도둑들이 수두룩해."

"민심은 천심이라고 하는데, 정치인과 공직자와 일반인은 물론 교육계도 가끔 부정을 저지르니 우리나라 국민들 의식이 정말 문제야. 언젠가 내가 말했지? 누구라도 삶의 순리를 거스르면 온갖 불행이 덮쳐 온다고. 그러니 자네 말대로 말년을 마음 편히 행복하게 살려면, 정신 똑바로 차리고 올바르게 살아."

그날 이후 성우는 기철을 만나지 아니, 그가 소식을 끊었다. 그러나 정숙이 엄마가 효욱이 엄마를 찾아가 가정사를 상세히 이야기했다.

정숙이 엄마는 부당한 사유로 황혼 이혼을 당하고 위자료 2억 원을 받았으나 기철이 봉양하지 않는 시부모와 함께 살았다. 그리고 그녀는 눈물로 세월을 보내며 그해 겨울을 맞았다.

성우는 한 해 함께 일한 일꾼들과 회식을 하고 집으로 돌아가는 길이었다. 그날 그는 1t 트럭을 집 앞에 주차해 놓고 한 횟집으로 갔다.

그는 일꾼들과 이런저런 이야기를 나누었고, 한 해 동안 모두들 수고했다며 축배를 들었다. 그리고 그가 집으로 가기 위해 빈 택시를 잡으려고 할 때였다. 그런데 지하철역으로 내려가는 돌계단 입구에 퍼질러 앉아 있는 걸인의 얼굴이 낯익었다. 그는 발걸음을 멈추고 걸인의 얼굴을 자세히 살펴보았다.

헝클어진 머리에 여러 날 씻지 않은 조금 야윈 얼굴, 눈과 코와 입 그리고 얼굴의 형태까지 기철의 얼굴이 분명했다. 그런데 걸인이 퍼질러 앉아 있는 옆에 나무지팡이가 하나 놓여 있었다.

성우는 걸인의 모습을 살펴보며 '기철아!' 하고 부르려다가 고개를 좌우로 흔들었다. 그리고 그가 택시를 타고 집에 가려고 했으나 왠지 발걸음이 떨어지지 않았다.

지난날 그가 친구들에게 한 말을 떠올렸다. 누구라도 정치 철학을 역행하거나 삶의 순리를 거스르면 된서리를 맞는다고 분명히 말했다. 그러나 그들은 맞장구를 쳤으나 실천은 하지 않았다. 정수가 그랬고 기철도 다르지 않았다. 하긴 기철은 사회의 질서를 파괴하며 부정한 짓으로 떼돈을 벌었고, 젊은 여자와 흥청망청 돈을 쓰며 놀아났다. 그리고 60세가 넘은 그가 정력 증강제로 인해 반신불수가 되지 않았을까 하는 생각이 언뜻 들었다.

"저, 혹시 저 모르겠습니까?"

성우가 가까이 다가가 걸인에게 1만 원짜리 지폐 한 장을 주며 물었으나, 걸인은 몸을 한 번 움찔한 뒤 대답 대신 고개를 가로저었다. 성우는 느낌이 이상했으나 말없이 돌아서 걸었다. 그리고 그가 약 7, 8m 떨어진 곳에서 걸인을 보며 제법 큰 소리로 "박기철!"이라고 불렀다. 그 순간 걸인은 고개를 홱 돌려 성우를 바라보았고, 그는 이내 "엉, 엉, 엉" 울음을 터뜨렸다. 그가 소리 내어 울자 성우도 눈물을 글썽이며 뛰어가 그를 와락 끌어안았다.

"자네 어쩌다 이렇게 되었어?"

"엉, 엉, 내 신세가 이렇게 되고 보니 자네 볼 면목이 정말 없어."

"이 바보야, 진작 나에게 연락하지?"

그들이 서로 끌어안고 울며 한마디씩 하자, 행인들이 발걸음을 멈추고 그들을 경이에 찬 눈으로 바라보았다.

"이 사람아, 우리 근처 식당으로 가자. 밥이라도 먹게."

"날 좀 내버려 둬, 밥이고 뭐고 먹을 생각이 없어."

성우가 일어서서 기철의 바른손을 잡아끌며 권유했으나, 그는 손을 뿌리치며 거절했다.

"그럼 자네 어떻게 할 거야, 여기 이대로 있을 거야?"

"자네 말을 안 듣고 살다가 병신이 되고 보니, 나 자신에게 화가 나서 집을 나왔어. 보름 동안 걸인으로 살면서 많은 것을 깨달았고, 며칠 안에 김 여사와 관계를 깨끗이 정리하고 자네 한번 찾아가려고 했어."

"정말이야?"

"응."

"자네, 돈은 좀 가지고 있어?"

"………."

성우의 물음에 그가 대답이 없자, 그는 택시비만 남겨 놓고 기철에게 다 주었다. 그리고 그에게 며칠 안에 관계를 정리하고 집으로 꼭 오라는 다짐을 받은 뒤, 그는 택시를 타고 집으로 갔다.

그날 밤 성우는 잠이 오지 않아 몸을 뒤척였다. 그는 불구자가 된 기철의 모습을 떠올리며 이런저런 생각을 하다가 옆에 누운 아내에게 말했다. 그리고 그는 아내에게 며칠 후에 기철이 집에 오면, 정숙이 엄마에게 빨리 전화해 집으로 오라는 말을 당부했다. 그런데 기철은 일주일이 지나도 오지 않았다.

'그 여자와 관계를 아직 정리하지 못해서…….'

성우는 날마다 기다림에 지쳤으나 기철의 입장에서 이해했고, 열흘이 지나서 초인종이 울렸다.

약 6개월 만이다. 반신불수가 되어 지팡이를 짚은 기철이 쪽문을 들어서자, 효욱이 엄마는 인사말 대신 동그란 눈으로 그를 맞이했다.

"제, 제 모습을 보고 많이 놀라셨지요?"

"어쩌다가 몸이 이렇게 되었어요?"

기철의 물음에 은혜가 되물었다.

"내가 이렇게 되고 보니 두 사람 볼 면목이 없습니다."

열흘 전보다 기철의 얼굴과 옷차림은 깨끗했으나 말이 어눌하고 몸도 반신불수였다. 성우가 전철역 앞에서 기철을 만났을 때 몸 상태를 제대로 보지 않았고, 지팡이를 짚고 걷는 모습을 그도 아내처럼 동그란 눈으로 바라보았다.

"12시가 다 되었는데 우리 점심 먹자."

"나, 나는 조금 전에 밥 먹어 생각 없어."
"그래, 그럼 차나 한잔 마실까?"
"으응, 나, 나는 커피."
"여보, 커피 두 잔 줘요."
그들은 응접실에 마주 앉아 있었으나 할 말이 별로 없었다.
"이 사람아, 우리 집엔 TV가 없어."
"조, 조용한 게 좋지."
그들이 대화를 나눌 때 효욱이 엄마가 커피 두 잔을 쟁반에 받쳐 들고 왔다.
"커피 맛있게 드세요."
"고, 고맙습니다."
성우는 커피를 한 모금 마시며 아내에게 눈짓을 했다.
"두 분 오래간만인데 재미난 얘기 많이 나누세요. 전 볼일이 있어 잠깐 밖에 나갔다 올게요."
"그, 그러세요."
은혜가 밖으로 나가고 난 뒤 기철은 일어나 가려고 했다. 그러나 성우는 그의 팔을 붙잡으며, 아내가 오면 같이 맛있는 음식을 사 먹으러 가자고 말했다.
"이, 이 사람아, 나 같은 사람도 지은 죄를 용서받을 수 있을까?"
"그럼, 죄 안 짓고 사는 사람이 있나. 자기가 지은 죄를 진심으로 회개하면 용서받을 수 있어. 그러니 자네도 지난날의 잘못을 진심으로 뉘우치고 새사람이 되어 행복하게 살아."
"고맙다, 성우야. 언제나 마음이 선한 자네 손 한번 잡아 보자."

기철이 바른손을 내밀며 말하자 성우는 쾌히 바른손을 내밀었다. 그리고 그들은 왼손으로 악수한 손등을 어루만졌다.

"아참! 자, 자네 인생의 길벗은 무엇이야?"

"음~ 내 인생의 길벗은 효욱이 엄마처럼 사랑과 봉사야."

"그래, 난 지금까지 거짓과 야욕으로 신세를 망친 위선자들처럼 살았어. 그러나 이젠 여생이나마 후회하지 않게 자네가 내 삶의 길벗이 좀 되어 주게."

"내, 내가?"

성우는 눈을 동그랗게 뜨며 물었다.

"응, 자, 자네 부부는 곡식에 제비 같은 사람들이잖아?"

"그래, 우린 어릴 적부터 친구인데 앞으로도 서로 도우며 살자."

"고맙다, 친구야."

그들이 대화를 나눌 때 효욱이 엄마가 들어왔다. 그때 그들은 두 손을 놓았고, 효욱이 엄마가 은행에서 찾아온 현금 백만 원을 성우에게 주었다.

"자, 이 돈 얼마 안 되지만 자네가 필요한 데 보태 써."

성우가 돈을 주자 기철은 한사코 돈을 받지 않았다. 그러나 그는 억지로 그의 호주머니 속에 돈을 넣어 주었다.

"내, 내가 자네한테 신세 지려고 온 게 아닌데, 난 자네와 효욱이 엄마 얼굴 한 번 보고 싶어서 왔어."

"알아, 자네 마음 알아. 우리 앞으로 자주 얼굴 보고 웃으며 살자."

"치, 친구야, 고, 고맙다."

기철은 흐느끼는 목소리로 말하며 일어섰다. 성우가 조금 더 있다가

가라고 그의 팔을 또 붙잡았으나, 그는 병원에 진찰받으러 가야 한다며 절뚝거리며 집을 나섰다. 그리고 대문을 나서서 열댓 걸음 걸었을 때였다.

"여보!!"

정숙이 엄마가 소리를 지르며 달려가 기철의 품에 안겼고, 그들은 서로를 부둥켜안고 흐느껴 울며 떨어질 줄을 몰랐다.

성우와 은혜는 대문 앞에 서서 그들의 재회를 바라보았고, 그는 맘속으로 그들이 행복하길 빌었다.

-끝-